吉村祐美 第3エッセイ集

名作のある風景

吉村祐美 著

万 来 舎

吉村祐美 第3エッセイ集

名作のある風景

目次

第一章　名作のある風景——清冽なる魂を育む風土

第二章 風のファンタジー

第三章 心魅せられる美術館……161

編集協力　今井章博
デザイン　マツダオフィス
本文写真　太崎覚志
装丁写真　軽井沢新聞社

第一章

名作のある風景

——清冽なる魂を育む風土

宮本 輝『花の降る午後』——神戸北野町・異人館街

『花の降る午後』は、昭和六十年「新潟日報」ほかに連載され、同六十三年、角川書店より刊行された長編小説である。

宮本輝氏の作品は、多数が映画化、テレビドラマ化されている。『花の降る午後』も昭和六十四年・平成元年に東宝で映画化、同年ＮＨＫでテレビドラマとして放映された。

「神戸の北野坂から山手へもう一段昇った所にあ」る、フランス料理店「アヴィニョン」が、この小説の舞台である。「右隣に黄健明貿易公司の事務所、左隣に毛皮の輸入販売を営むブラウン商会が並んでいる」。「うろこの家」が少し離れて建っている、というこの辺りは、異人館のある街として知られる神戸北野町の、急な坂道を上った高台にある。「アヴィニョン」の二階の窓からは、「うろこの家」の三角屋根や、街の灯、遠くまで瀬戸内の海が見える。いかにも神戸の北野町らしい舞台設定といえるだろう。

フランス料理店「アヴィニョン」は、この物語のヒロインである甲斐典子の、義父が作った店であった。「六年前、父の急逝によって跡を継いだ夫も二年後、癌で逝った。夫は三十五歳だった」。「神戸で三十年近くもつづき、上客にも恵まれたアヴィニョンの閉店を惜しみ」、シェフである加賀勝郎と、当時支配人であった葉山直衛が、典子に跡を継ぐよう勧めて譲らなかった。

姑のリツは、物分りのいい優しい人柄で、典子に「再婚してもいいし、甲斐の籍を抜いて、実家へ帰っても、それは典子さんの自由」だと穏やかな口調で言ってくれた。典子はこの時、やれるだけ店をやってみようという気持ちになる。それから四年間、典子は客との応対や従業員への指図等、懸命に働き、夫の頃よりも売り上げは伸びていた。店はシックな雰囲気があり、フランス料理店の美味しさで顧客から好まれているレストランだった。

シェフの加賀勝郎は、「フランスで十二年間修行し、その腕前が、しばしばグラビア雑誌や専門誌で紹介されるほどの」、腕の良い料理人であった。趣味がひろく、読書家で、休日にはよく絵画展などに行くという。何が「いい物」であるかを知っていなければならない、それが料理家の基本だと彼は考えていた。見習いコックの若い人たちにも、休みの日には、すぐれた小説とか歴史書など、本を読むようにアドバイスしていた。加賀の持論は見事に彼の作る料理に生かされていて、典子は加賀の考え方を立派だと思っていたのであった。

宮本輝氏の作品には、主人公の周囲に居るサイド・アクターとしての登場人物が、見事な人物造形で描かれていることが多い。本作品においても、料理長加賀勝郎のすぐれた人物造形をはじめとして、ヒロイン典子を取り巻く人々が、実に鮮やかに描かれている。それは作品に光りと影を、奥行きと厚みを加えるのである。宮本氏の、小説家としての巧みさを思わせるものがあると言えるだろう。

ここでまた魅力的な一人の青年画家が、作品の舞台にたち現れてくることとなる。


四年前、典子の夫義直が癌になり、「あと二か月、よくもって四か月」と医者に告げられる。病院で死にたくないという夫の療養をかねて、志摩半島にあるホテルに逗留していた時、ふらっと立ち寄った喫茶店の壁に、五点並べてあった中の一点が、『白い家』と題された風景画だった。

ひとけがなくて寂しいのに、妙な烈しさを感じさせるその絵を、典子はひどく気に入って、夫に買ってもらったのであった。夫亡きあと、その六号の風景画は、「アヴィニョン」の壁に掛けられている。

夏が近づこうとしている日に、背の高い二十七、八歳の青年が、「アヴィニョン」に典子を訪ねてくる。『白い家』を描いた無名の画家であり、東京で個展を開くので、『白い家』の絵を十日間貸していただけないか、という依頼のためだった。その時が、典子と高見雅道という青年画家との出逢いとなる。高見は礼儀正しく、心の清潔さを思わせる青年だった。

何度かの出会いの後、二人は互いに深く惹かれ合い、愛の想いを抱くようになる。高見の典子に対する愛の言葉は、逡巡のない直截なものだった。打算のない、青年らしいひたむきさとして、宮本氏は高見の人物像を描きだすのである。

毎月一点、絵を描いてくれるようにと、典子は高見に注文する。様々な悩みや迷いが典子の心に去来するのだが、その揺れてさわぐ想いの後に、無名の絵描きである高見が、秀《すぐ》れた画家に成長することを願って、支援をしようと、典子は決意することになる。物を観る確かな目をもつシェフの加賀も、高見の描いた作品を、いい絵だと評価する。典子は高見の絵の中に、キラリと光る才能を感じ取っていたのだった。

荒木美沙と、その夫荒木幸雄という夫婦が「アヴィニョン」を訪れるようになる。荒木幸雄は天才的な詐欺師といわれ、美沙の方は「香港マフィアと称する組織の下っ端として、香港から日本へ麻薬を運」ぶ、かつては麻薬の運び屋だった。彼等は、関西でも屈指のフランス料理店「アヴィニョン」を乗取ろうという悪辣な計略をたくらむ。それと同時に「アヴィニョン」隣家の、ブラウン商会の土地も手に入れるべく画策する。荒木のたくらみに荷担して、典子を店から追い出そうと卑劣な手段を弄する、甲斐家の遠縁にあたる赤垣良久他がいる。

荒木美沙はしたたかな女性で、「アヴィニョン」を乗取ろうと画策し、きれいでオシャレな、店のマダム典子を妬むのである。それは典子と「アヴィニョン」にとって、理不尽な災厄であった。

悪意にみちた、不気味な怖さを感じさせられる典子だが、店の従業員は善良な人たちで、頼りになった。料理長の加賀をはじめとして、ウェイターで接客の対応も機敏な水野敏弘は、典子と同年の三十七歳。急な坂道を、客の送迎をする軽自動車の運転手として雇われた小柴も、典子に対して忠実だった。

右隣に事務所のある黄健明は、典子の亡夫義直の父に戦争中、戦後の混乱期にも世話になった恩返しにと、典子の相談に乗ってくれていた。

左隣に毛皮の店をもつイギリス人のリード・ブラウンは、典子に親切なアドバイスをし、典子の方も、七十八歳のリードを常に気遣っていた。肺気腫の持病があったリードは、呼吸困難となり救急車で運ばれ入院する。彼を見舞った典子に、故郷であるイギリスのマンチェスターに帰国するとリードは告げる。そして、ブラウン商会の土地を買ってくれないかと提案するのである。この土地は「アヴィニョン」と地つづきであり、建物を増やして大きくすれば、理想的なレストランになるだろうと。

熟慮のすえ、典子はブラウン商会の土地購入を決意する。三年後、自分の店を持ちたいと言っていた加賀に、新しい「アヴィニョン」をオープンした日から歩合給にすることで、長く店に居てほしいと典子は頼む。料理長加賀にとっても良い条件であった。姑のリツは店の増築を非常に喜び、従業員たちも活気づいた。銀行からの融資を受けての経営であり、様々なしがらみの中で、「アヴィニョン」のオーナーとして、典子は生きてゆくのであろう。

荒木幸雄、美沙夫婦、赤垣良久等は逮捕され、悪の連鎖は断たれることになる。

『花の降る午後』は、多くの登場人物が複雑に錯綜し、スリルとサスペンスを含みながら、物語はドラマティックに展開する。人間の善意と、他者をおとしめようと策謀する悪意が鮮明に浮かび上がってくるのである。

宮本輝氏は、この作品の「あとがき」で次のように記述している。「登場する主要な人物が、みな幸福になってしまうものがあってもいいではないか」。だから『花の降る午後』は、「何人かの登場人物の〈幸福物語〉として幕をおろします。善良な、一所懸命に生きている人々が幸福にならなければ、この世の中で、小説などを読む値打ちは、きっとないでしょうから」と。

作者のこの作品に寄せる想いが読者に伝わってくる、優れた「あとがき」の言葉である。

ヒロインの甲斐典子は、誠実で情愛のある、聡明な女性として描かれている。なお、作品の中で典子の話す関西弁は、神戸山の手あたりでは最近ほとんど使われていないように思われる。

住んでいる地域、家庭環境もあるのだろうが、筆者の祖父母、両親、叔父や叔母たちは標準語を話してきた。小、中、高、大学で教えていただいた先生方も標準語で話され、友人たちとの日常会話も標準語がごく普通になっている。かつて、地域によって使われていたらしい関西の言葉は、次第に標準語へと移行して来ている、というのが現状なのであろう。ともあれ、『花の降る午後』という美しいタイトルとともに、この作品が小説として佳品であるのは、改めて述べるまでもないであろう。

堀 辰雄『旅の絵』——神戸中山手通

（1）

晩秋から冬へと、神戸の街の風景には静けさがただよいはじめる。

街路樹に射すひそやかな光りに、ちらちらとゆれる木の葉。常緑樹にまじりあって、暗い紅色と茶の色調をもつ枯葉が、山麓をつきぬけて通る街路に散りかかる。

冬の沈潜した光線のゆえか、白い風色をかんじさせる街に、山から海にむかい並木のあいだを風が吹きすぎ、すべては風とともに舞い散ってゆく。

最近、神戸を訪れる旅行者は、きわめて多くなった。北にグリーンの山の稜線が近く、ふりかえれば青く光る海と、航行する白い船体が鮮明にみえる。そして多くの歳月をかけて育てた街路樹、それらの風景が、人の心を安らぎにみちびくためであろうか。

冬の北野町には、場所によって人影のすくない、さびさびとした小径がある。休日には、たえ間のない観光客の人波も、それ以外の日は、ひっそりとした静けさをとりもどす。異人館のよろい戸が、樹々のあいだにちらりとみえる裏通りを、筆者は一人でコツコツと歩きながら、堀辰雄の『旅の絵』という短篇のことなどを思っていた。

作家堀辰雄といえば軽井沢、信濃追分などが想起される。氏の代表作のほとんどは、これらの地を舞台に書かれたといってもいい。十九歳の夏、室生犀星につれられて、はじめて軽井沢を訪れ、芥川龍之介に紹介されていらい、この土地は、堀文学にとって不可欠な作品の舞台となる。一人の作家における資質と、作品を創造させる風土というのは、けっして無関係ではない。それは画家と風土の密着した関係に比せられるものでもあろう。病弱であった堀辰雄にとって、都会の雑踏は心身を疲れさせたであろうし、樹々や花々を好んだ、一種のデリケートな精神構造は、自然の風景にかこまれてのみ、作品構想への静かな熟成がえられたと思われる。

大正十二年、堀辰雄、十九歳、第一高等学校の学生であったこの年は、その人生における明暗が激しいかたちで、彼の身辺をおおった。一月に出版された萩原朔太郎の詩集『青猫』に深い感銘をうけ「一人の詩人のたましいの羽ばたき」を知り、さらに室生犀星、芥川龍之介に、堀辰雄がはじめて出逢いをもつ年である。その一方で、九月関東大震災にあい、隅田川にとびこんだ堀は友人に助けられ、溺死からのがれることができた。しかし向島の家は焼け、母は水死。数日のあいだ母をさがし歩いた疲れと、精神的打撃のため、この年の冬堀辰雄は胸をわずらって病いの床につくことになる。昭和二十八年、四十九歳で死去するまで、当時は不治の病いであった結核の体で、むしろ死をみつめることによって、自らの生を自覚し、自己の存在を証《あか》す仕事をなしつづけたといえるのであろう。

堀辰雄の文学を、むしろ抒情的な青春の書として読む人も多いと思う。そうした一面をもつ作品もたしかにあるのだが、彼の内面には、生の果てをみつめている静かで強靭な精神がある。それは時とともに作家の魂のなかで、清澄な世界に熟成してゆく。

まだ無名であった堀辰雄の、芸術派作家としての資質を、はやく見ぬいていたのは、おそらく芥川なのではないか。人間を、その可能性において評価するという明晰さを、芥川は、その師、夏目漱石と同様に鋭敏なる判断においてもっていたであろう。

堀辰雄が芥川に送った詩について、芥川の返事は、それを実証しているように思われる。

「あなたの芸術的心境はよくわかります。あなたの捉《とら》え得たものをはなさずに、そのまままずんずんお進みなさい。（中略）あなたの詩は殊に街角はあなたの捉え得たものの或確実さを示しているかと思います」

芥川の文面は、堀辰雄の歩みゆくであろう、芸術派としての作家の道のりを、ひそかに予見するものであった。晩年の芥川龍之介が、もっとも心にかけ、いつくしみをもったのは文学における弟子、堀辰雄であったにちがいない。そして関東大震災の翌年、芥川は片山廣子母娘を堀辰雄に紹介する。片山廣子はアイルランド文学の翻訳家で歌人であり、松村みね子の筆名をもち、芥川は、この十四歳年長の夫人にひめやかな思慕をいだいていた。

片山夫人の娘は宗瑛《そうえい》というペンネームで小説を書いていた。この母と娘をモデルに堀辰雄は『ルウベンスの偽画』を書く。

そして昭和二年七月、芥川龍之介の自殺に、激しいショックをうける。ここでも堀辰雄は敬愛してやまぬ大切な存在であった師の急死に、直面しなければならなかった。

――その仕事の終ったところから出発するもののみが、真の弟子であるだろう。――

そうした決意のようなものが、堀辰雄に『芥川龍之介論』を書かせ、東大国文科卒業のあと、昭和五年に『聖家族』を書かせる重要な契機になったと考えられる。あまりに鋭敏な知性ゆえに、心あたたかな情念を抑制した芥川の作品群は、息づまるような痛ましさで、その作家的生涯を悲劇的様相にひきずりこんでゆく。堀辰雄の文学は、師芥川龍之介の死から、ひとつの花を咲かせたといっていい。この作品の寂々とした文体のなかに、堀文学の主題となる、死を通してのみ自覚される生への意志が、低音のように奏でられてゆくことになる。

『聖家族』を書きあげたのち、堀辰雄は喀血し療養生活をおくる。翌昭和六年には富士見高原のサナトリウムに入院。退院後もふたたび絶対安静の状態がつづく。そして昭和七年『聖家族』を刊行。その年の十二月、友人であり詩人であった竹中郁の、詩集『象牙海岸』出版記念会に出席するために、堀辰雄は神戸を訪れたのであった。

（2）

小さなトランクひとつもたず、堀辰雄は独り神戸の駅におりたつ。そして「東京では見かけたことのない真っ白なタクシイを呼び止め」元町通りへ車を走らせる。見知らぬ街で、一種の孤独な旅愁のようなものを、おそらく彼は感じながら、人波の流れにまかせるように、コツコツと歩く。

店々が私には見知らない花のように開いていた。

と書く部分だ。私たちがはじめて訪れる見知らぬ街で、ふと胸をよぎる、群衆のなかに思う寂とした心を、そして新鮮に映じる街のさざめきと色調を、「見知らない花」と堀辰雄は書きとめる。

詩人竹中郁とともに山手通りの坂を上ったり下ったりして、中山手にあるロシア人の経営する、小ぢんまりしたホテルをみつける。

「なんということなしに世間の空気が息苦しくなったあまりに、その息ぬきに」訪れた神戸の街であり、堀辰雄自身の心の陰りをうつすかのように、いっさいの華やかさをもたない、心象風景をえがく舞台として、ホテル・エソワイアンが浮かびあがる。

逆光線のなかでとらえた、髪が金色にきらきら光ってみえる、光りと影のなかに立つ女性。窓からみえる灰色の空、葉の落ちつくした枝。そしてタイプライターの音など、いくつかのシーンをつみ重ねながら、作者の奥深い心の陰りを暗示するかのように、このホテルを、堀辰雄は陰影のある雰囲気で描きだす。

前述したように、昭和五年『聖家族』を脱稿のあと、はげしい喀血。翌六年入院、昭和七年も定期的発熱がつづく。この間『燃ゆる頬』『花を持てる女』(初稿)。エッセイ『狐の手套』など、たえまなく執筆活動を続けながら、プルーストを読みこんでゆく時期でもある。

神戸を訪れた年の、秋から冬にかけて、堀辰雄は経済的にも精神的にも危機といっていい状態にあったという。親交のあった女友だち片山廣子の娘、片山聡子から別離を告げられ、作家の内面には、深い暗鬱の思いがひそめられていたであろう。心のなかにただよう憂愁を、たんに詩的な悲歌としてではなく、あまりに静かな、その静寂のゆえに、神秘性を感じさせる一枚の風景画のように、作品『旅の絵』は暗色のトーンで描かれている。

クリスマス・イヴの日、海岸通りのフランス料理店で竹中郁と食事をし、波止場へ足をむける。しかし堀辰雄がみたいとのぞんでいた欧州航路の船は、年の暮れになっているために出帆しない。おそらく港は、冬の空と、それをうつす海と、はげしい寒風が吹いていたのではないか。

神戸の空と海は、その日の光線によって色調をかえる。急激に気温がさがる季節であっても、瑠璃色の空があざやかにみえる日は、光りのなかで海もまた深い青色に彩られる。まるで堀辰雄の心の憂念をうつすかのように、その時の海は光りを消しさり、暗色の風景を、彼の心にのこしたのであった。

二人は南京町を通りぬけ、ほとんど人気のないトーアロードを上り、聖公会のまえを通って、北野町を歩く。神戸の海岸通りに商館をもっていた外国人商社の人たちが、住宅をこの北野町に建てたのは、明治二十年代から大正にかけてのことだ。彼らは自宅からトーアロードを通って、海岸通りのオフィスへかよっていた。堀辰雄が心ひかれた異人屋敷は、当時はすべて人が住み、住宅として使われていたと思われる。

「このへんの異人屋敷はどれもこれも古色を帯びていて、なかなか情緒がある。（略）お揃《そろ》いのよろい戸が、或いはなかば開かれ、或いは閉されている。多くの庭園には、大粒な黄いろい果実をむらがらせた柑橘類《かんきつるい》や紅い花をつけた山茶花などが植っていたが、それらが曇った空と、草いろのよろい戸と、不思議によく調和していて、言いようもなく美しいのだ。……」

堀辰雄は、色鉛筆でスケッチでもするかのように、北野町の風景を描く。そして「こんなユトリロ好みの風景のうちに新鮮な喜びを見出し」たりする。「こんな家に自分もこのまま半年ばかり落着いて暮してみたい」と、彼は思うのだが、もし堀辰雄が神戸に住む機会を得ていたら、堀文学にとって軽井沢が重要な創造への風土であったように、新しい作品形象の文学的世界が、かならず可能になったにちがいない。

現在の北野町は、異人館がブームになっていらい、この街を訪れる人たちが急増した。堀辰雄がこの地にきたころの静けさは、すでにない。しかし現存する異人館が大切に保存され、公開されているために、私たちはアーチ型の入口や、ステンドグラス、アンティックな家具、そしてベイウインドー（張り出し窓）から青く光る海と、白い船体をみることができる。異人館の内部の一室をティールームにしたり、レストランにしている建物も多い。庭の樹々の葉が、あるかなきかの微風にゆれ、木もれ日のほのかな光りをみつめながら、椅子にすわっている人の姿をみかけることもある。神戸の異人館は、横浜、長崎のそれにくらべて質が高いといわれるのは、イギリス人の建築家A・N・ハンセルたちの、すぐれた設計によるためであろう。

堀辰雄がこの地を訪れた日の静寂は、もうないが、彼が心ひかれた雰囲気は、異人館のたたずまいに残照のように残っている。開かれ、また閉されたよろい戸、庭に咲く紅色の山茶花。冬の北野町は、あたかもユトリロの哀愁を思わせるような風色をもち、人影のすくない小径を私は独りで歩いている。

作品『旅の絵』は、この作家の心象風景を描いた、神戸を創造の舞台とする暗色に彩られた一枚の絵である。そして私自身は、堀辰雄がみた陰影のむこうに、ほのかな光りをみつめたいと思いつづけている。

坂道のある風景――堀辰雄「旅の絵」によせて

白い風景を思わせる冬の季節はさり、並木路の樹々に陽光がゆれてみえる。やがてバラ咲く日々がちかづきつつあることを、透明感のある風の光りに想いながら、私は坂道の街を山の方へ歩く。

神戸の山麓は山からの風を、そして海に向かって建つ家の窓辺では、海風の激しさを感じる日がある。街のどこかで風が流れ、そして風の光る街なのだ。

北野坂をのぼりつめて右へ折れ、茶色の色調をもつ「ラインの館」を左手に眺めて、細い急な小径をあがり、「オクトーバ14」の緑濃い異人館をおとずれる。つたが壁にからまり、樹々のなかにひっそりと建つ緑の館だ。二階のベイウインドー（張出し窓）からは海がみえる。あたたかな陽光のために、海をわたる風がチラチラと微妙に光りをゆらめかせ、青色《せいしょく》の波を輝かせて見える。

明治三十年代から大正にかけて海岸通りにあった外人居留地に住む人たちが、山手に移りはじめ、北野町は住宅地として開発された。六甲や塩屋は別荘地だったという。六甲のゴルフ場は明治三十四年に、グルームによって造られた日本で最初のゴルフコースだった。居留地に商館をもち産業の場ですぐれた仕事をのこした人々は、山の手の北野町に木造二階建ての異人館を建て、山を背に海の見えるベランダと、張り出し窓のある家に住んだ。部屋には大理石とかタイル貼りのマントルピース、天井のシャンデリア、ゆるやかな階段と木の手すりなど、人々が暮した生活の日々を思わせ、おだやかに落着いた心のなぐさめをこれらの建物のなかに、私はふと感じるのである。

大正十一年に建てられた「うろこの家」はグレイがかったスレートをうろこのように貼った外観をもち、展望塔が中央にあり、港の風景がある晴れた日などにはすばらしく見える。「風見鶏の館」は明治四十二年に造られたものだが、中世ヨーロッパの教会建築を思わせる、レンガと石造りの重厚な三階建ての館だ。神戸の港に造船所を造ったイギリス人のキルビー、大阪鉄工所をつくったハンター、神戸製紙所をつくったアメリカ人のウォルシュ、中山手に栄光教会を建て関西学院を創立した宣教師のランバス、神戸女学院を創ったタルカットとダッドレイ、松蔭女子学院を創設したアメリカ人のフォスなど、当時の神戸には産業のみならず、キリスト教精神にもとづく教育者としての、すぐれた思想と業績をのこした人々が住んでいた。

「オクトーバ14」の建物を出て、私はさらに坂道を上る。左に折れて「展望塔の家」の前を通り「うろこの家」から「風見鶏の館」そして「白い異人館」の前に出る。ダークブルーの鮮明な屋根瓦に白い壁。明るい陽光のなかで木もれ日がゆれる。端正でありながら清楚なあたたかさを感じさせる建物だ。このあたりには道ゆく人たちの姿も多い。私は人波をさけるように、そこから斜めに坂をのぼり山側の小径を通って、トーアロードに出ることにした。坂の上の山側の路は、ほとんど散策する人影もない。ひっそりと静まりかえった家が建ち並び、樹々の葉をゆるがせるかすかな風が吹き流れている。一軒の洋館の、白い扉の前で小猫が眠っていたりするのを見ながら、私は坂をくだりはじめていた。

昭和七年、作家堀辰雄は神戸の街をおとずれる。中山手でロシア人が経営する小さなホテル「エソワイアン」に滞在し、詩人であり友人であった竹中郁と、トーアロードから北野町の街を二人は散歩する。異人館の庭に咲く紅色の山茶花《さざんか》、そしてグリーンのよろい戸がグレイがかった冬の雲に調和して「言いようもなく美しい」と思い、「ユトリロ好みの風景のうちに新鮮な喜びを見出」すのである。エキゾティックな風景に鋭敏な感覚をもっていた堀辰雄らしい文章だが、神戸の街の印象は、一枚の風景画のように小品「旅の絵」として、昭和八年「新潮」に発表された。

花崗岩の地質をもつ神戸は、どこかに白い光りを秘めた風景をみせる。そのグレイがかった白色が、私たちにユトリロの絵にみる、「白の時代」を想起させるのであろう。ユトリロの描くパリ郊外、白い教会や家のよろい戸など、北野町の小径にもふと見られる白い壁や、グリーンとかチョコレート色のよろい戸をもつ異人館。そして白い色調を秘めた風の光りである。作品「旅の絵」を書いた堀辰雄もまた、北野町への坂道を歩きながら、ユトリロの絵がもつ哀愁と詩情を、この坂道のある風景に感じていたのかもしれない。堀辰雄も竹中郁も、今はともに亡き人であるが、「巴里祭《パリ》」とか「パリの屋根の下」などの歌声が流れてくるような坂道を、今日もまた風が、樹々の葉をゆれさせて吹きすぎてゆく。

放哉俳句集『大空』――神戸須磨寺

尾崎放哉が兵庫県神戸市にある須磨寺に来たのは、大正十三年六月のことである。一燈園時代の友人、住田蓮車の紹介によって、須磨寺、大師堂の堂守となった。そして翌十四年三月、同寺の内紛のため放哉は須磨をさるのである。この間、約九カ月はもっとも多作の時期であり、数々の傑作をのこしている。

筆者が須磨寺をおとずれた日は、夏の盛りの照射が、白い参道に照りつけていた。雲ひとつない青空が、目にせまるように見える。

源三位頼政の再建という仁王門を入ると、桜と楓の樹々の葉が、両がわから交錯し、緑の枝葉がおおう並木道になる。

春には桜の、そして秋は紅葉のトンネルになる参道も、今はかさなる緑の葉を、さしつらぬく夏の光のはげしさのみである。私は独り石段をのぼりつめて、本堂にあがり手をあわせ、左手にある大師堂の方へ歩いた。弘法大師を祀る大師堂は、小さくつつましやかなお堂だ。「こんなよい月をひとりで見て寝る」ときざまれた放哉の句碑がある。

私はその前にしばらく立ちつくしていた。「ひとりで」という言葉のさりげなさ、しかし、放哉にとって「ひとり」という言葉のもつ意味は重い。妻と離別し、家庭も仕事もすて、体ひとつの無一物となった放哉の「ひとり」という言葉には、ただならぬものがある。

たった一人になりきって夕空　（句集『大空』）

寂寥にたえる孤絶の魂を見つめたところに、放哉の句の光りがましてくる。

尾崎放哉は本名、尾崎秀雄。明治十八年に現在の鳥取市立川町で生まれた。小学校時代は成績最優秀であり、鳥取県立第一中学校を卒業。第一高等学校文科から東京帝国大学法学部卒業というコースをたどっている。

十五歳ごろから俳句をつくりはじめ、さらに一高俳句会に入って句作をつづけた。この時期一級上に荻原井泉水がおり、のちに井泉水と放哉は、句作に精進してゆくなかで、深い友情で結ばれたのであった。放哉は井泉水主宰の「層雲」に句を発表。井泉水も放哉の師友として、親身の助力をおしまなかった。

東大在学中に、従妹芳衛との真剣な愛は進展し、放哉は彼女の両親と兄に結婚の申入れをする。しかし東大の医学部に学ぶ芳衛の兄は、従兄妹同士の結婚を反対した。二人は結婚を断念し、兄のゆるしをえて鎌倉の江の島にゆき、語りあかしそして別れるのである。この時、放哉は精神のある部分に、崩壊してゆくものを感じていたであろう。純情であり真剣であった愛はそれだけ、強烈な痛痕の切り口を深くとどめる。

恋人であった従妹芳衛の一字を採り、芳哉という号で「日本新聞」、「国民新聞」に投句してきた彼は、芳衛との別離のあと、愛への執着を放つために放哉と号をかえたのであった。しかしその精神的な打撃は、うめるべくもない悲痛の谷となって、放哉を飲酒に溺れさせてゆくのである。

明治四十四年、二十七歳で東洋生命保険会社に入社し馨と結婚するのだが、十一年間つとめたのち退社。朝鮮火災海上保険会社の支配人として尽力し成果をあげるが、約一年あまりで社を追われる。深酒に乱れることが中傷され、退職の原因になったと推察される。

再起を期して満州のハルピンにおもむく。だが寒気のため病をえて帰国。大正十二年十一月妻と別れ、無一物となって下座奉仕の生活をするべく、京都の一燈園に入った。「少しの社会奉仕の仕事でも出来て死なれたならば有り難い事だ」（「入庵雑記」）という思いが放哉を駆りたてていた。しかし一燈園での重労働は病身の放哉にはこたえた。

一燈園を出て常称院の寺男となり、のち須磨寺、若狭の常高寺、京都の竜岸寺、そして井泉水の世話により、小豆島の南郷庵に入るまで、ただ身体ひとつの放浪生活がつづくのである。

須磨寺時代から放哉の句の進境はめざましく、自由律俳句として放哉独自の作品は光りはじめる。

なぎさふりかへる我が足跡もなく

海が好きであった放哉の須磨寺時代の句。寺を下ってゆくと須磨の海べに出る。すぎ去って返らぬ人生の時を象徴するかのような、寂々とした思念を感じさせる句だ。

小豆島の南郷庵に放哉が入ったのは大正十四年八月である。水を飲んで食事を極度にきりつめた独居無言の生活のなかで、ひたすら句作にうち込むのである。一切放下のうちに、かつては実業界にいたころの人間不信への苦悩は消え、放哉の精神は透徹したものになる。

入れものが無い両手で受ける　（句集『大空』）

この有名な句は人の好意を両手にうける、素直な感謝の思いが直截に示されている。無一物の彼には入れる物とて無い。うけとる両手に心がこもるのだ。それが句の力になる。

咳をしても一人　（句集『大空』）

放哉は独りで生き独りで死するべき自らを凝視している。きびしい姿形の表白である。大正十五年四月、喉頭結核の悪化により、放哉は南郷庵で死去した。享年四十二歳であった。

川端康成『古都』——京都

（1）

——もみじの古木の幹に、すみれの花がひらいたのを、千重子は見つけた。——

作品『古都』の、冒頭である。

もみじの老木に小さなくぼみが二つあり、そこに二株のすみれが、春には花を咲かせる。「春の花」の章は、やがてめぐり会う双生児の姉妹、千重子と苗子を、二株のすみれで暗示しようとする、作者の意図的な設定であろう。「上のすみれと下のすみれとは、一尺ほど離れて」咲き、千重子は二株の花が会うことがあるのか、そしておたがいに知っているのであろうかと思う。

すみれの花が「会う」とか「知る」とかは、どういうことなのか。

作者は、別れて育ち、そして生きねばならぬ運命の双生児姉妹を、ここで暗に予告するのである。ヒロインの一人、千重子は中京にある京呉服問屋《どんや》で、佐田太吉郎の一人娘として育てられた。しかし千重子自身は、自分が店のべんがら格子の前に捨てられていたことを知っている。養父母は千重子の心を思って、夜桜の祇園から、赤んぼをさらって来たとつげるのであるが。千重子は「捨子」であるという、自分の宿命を、つねに見つめつづけずにはいられない。それが千重子の憂愁であり、心に沈潜したかげりである。

養父母には絶対服従だという、大学への進学をのぞんだ時、「うちのあととり娘には、大学なんて、じゃまになるやろ。それより商売をよう見ておおき」という養父の言葉にもしたがってゆかねばならぬ。自分の意志を殺した生き方しか、「捨子」であった千重子にはないのであろう。それは幼児から、いつくしんで養い育てた養父母への、おもんばかりであり、自らの運命を、精神の翼をもつ人のように、鮮烈に選択することの一切を、千重子は絶ち切ってしまうかにみえる。

代々つづいてきた京の呉服問屋としての、家をつがねばならないさだめを、千重子は自分の宿命として、甘受するのであろう。ある意味では、人間はすべて宿命の子であるのかもしれない。どのような家に生まれ、どこで育つかは、自己の選びえぬことである。

自らの運命を、わがものとして峻烈に切りひらくためには、自覚的な精神の、決断しかない。千重子は、宿命と自己放棄のなかに、生きることの孤独を深く見つめつづけることになる。

京呉服の問屋が多いという、中京区の室町通りと、新町通りを筆者は歩いた。『古都』のなかで、千重子が捨てられていたと書く、べんがら格子に、二階のむしこ窓がある町屋をみたいという思いのためである。町の通りはさして広くはなく、ひっそりした静寂のけはいがある。休日のためか、ほとんど行きかう人もない。今は株式会社になり、ビルに建てかえた店も多いが、その間に、昔ながらのべんがら格子をのこす数軒の家がある。細い朱ぬりの格子をほこり一つなく拭き、間口はさして大きくはないが奥深い。京友禅や西陣織の伝統を保ってきた、京の町屋にはそれ自体に、ほの暗い幽艶のおもむきがある。

応仁の乱で、山名宗全が西軍の本陣を構えたのが、西陣という地名の由来である。細い露地のなかほどに、山名宗全旧宅の碑があり、千本格子の家が数軒。かたん、かたん、という手機《てばた》の音を、どこかの家うちから聞いたように思う。

作品『古都』に登場する、西陣の大友宗助は手機三台で帯を織る、家内仕事の織屋である。その長男、秀男は親にまさる技術をもつと、織元や問屋すじにも知られている。太吉郎をして「眼も鋭うて、奥まで見抜かはる」といわしめた織手であった。

手機の音を、かすかに聞いたように思う家のまえを通りすぎながら、伝統的な工芸というものは、たとえば秀男のような、その道ひと筋にうち込む直截な修行練達と、天質の才によってうけつがれるのであろうと、筆者は思いつづけていた。

（2）

『古都』は登場する人物の、人間関係における濃密なしがらみよりも、約千二百年の歴史をつつむ、京都という風土を描いた作品であるともいえる。作中には京の四季おりおりの風物が、作品展開の舞台設定として書かれてゆくわけだが、登場人物のからみあいそのものよりも、京という古い土地への執着と、日々うしなわれてゆく日本独自の風雅を、作者は書きとどめようとするのであろう。

ヒロインの一人である千重子は、京の奥深い町屋に、その生をすごし、やがて消えてゆく哀婉の幻なのであろう。彼女の「きれい」さよりも、リアリティーをもつのは、平安神宮の神苑に咲く紅しだれ桜だと、いってもいい。桜色にけぶるような花びらの群れをながめていると、名木の精霊がたち現れてくるような、夢幻的な女性《にょしょう》の幻影を、想う。しだれ桜は生命をもち人間の悲哀をもたない。自然の精気のみがもつ、悠久の艶である。名木の花はかわらず咲き、人の命のおよぶところではない。

木下路を通って、泰平閣とよばれる橋殿が池にかけ渡されている。王朝風の楼橋が池の水面にうつる姿はいい。平安の雅びを、ふと思わせるような風情がある。平安神宮は桓武天皇の平安遷都を記念して、明治二十八年に建てられたものであった。『古都』では千重子と、その幼友だちである水木真一が観桜におとずれる場所である。

「春の花」の章では、平安神宮から、南禅寺道へ。知恩院の裏をぬけて円山公園の奥を通り、二人は清水へむかう。円山公園の奥から高台寺下の道は、京都らしいたたずまいをのこす。鉄筋のビルは無く、古い家並みの風情をかんじさせる、ひそやかな道である。

(3)

高雄周辺は、京の三尾《さんび》といい、もみじの景勝で知られる。高尾の神護寺、槇尾西明寺、栂尾高山寺である。秋の紅葉時には、観光バスがつらなり、大挙して人があつまり、高山寺の裏参道あたりは、人の列がつづく。

もみじの若葉をみようと、千重子は茶道の友人、真砂子から誘われ、高山寺の石水院にゆく。筆者も、この寺は七、八回おとずれている。

秋の紅葉の雑踏だけはさけるのが賢明だが、冬の高山寺は、ほとんどおとずれる人もない。石水院は鎌倉時代初期の遺構であり、広縁に座すと清滝川の音が聞こえる。南の縁側から向山の翠緑をみつめていると、風花《かざはな》のような雪片が、わずかにちらつく。

神護寺の文覚上人に招かれ、明恵上人は高山寺に入った。岩石老樹を座禅の場とし、修禅練行につとめた名僧である。そして門弟から深く敬慕された清切の比丘であった。

石水院をでて、石段をのぼり、杉の老樹にかこまれた、金堂のまえに立つ。冬の高山寺金堂は、凛冽のけはいがただよう。入母屋造《いりもやづくり》の建物は、いっさいの憂悶を絶たせるかのように、透徹した自己凝視を、沈黙のうちにせまる。清浄の気《け》を感じさせる。清閑の石水院もいいが、山深い樹林のなかに建つ金堂の、きびしい品格が好ましい。

表参道の石段をくだって、周山街道を北へ、北山杉の里にむかった。

（4）

清滝川は、早瀬の音をひびかせて流れる、清流である。

川ぞいに北上してゆくにつれ、急斜面の山間に、同じ太さの杉が、梢にのみ枝葉をのこして、整然と林立しているのが見える。ちらちらと降りはじめた雪が、しだいに激しさをます。それはあたかも音のない世界に乱調の響韻を聴くかのような、雪降りしきる舞いである。私は雪の北山杉をみたいと願っていた。

車で十数分、それまで降らずにいた粉雪が、急速に北山の風景を、白くおおいつくす。『古都』にいう「冬の花」を、雪華のなかの杉木立いがいにはないと、ひとり想いつづけてきた。作者は『古都』の文中、山の村には、時おり淡雪がくると書くのだが、北山の厳冬は、そんな、なまやさしいものではない。骨身にしみる寒気と降る雪のなかに白々として、端然と立ちならぶ杉林は、世俗から孤絶した頸節の清華であろう。

北区中川北山町は、約百二十戸の家が川岸にある。人口ほぼ六百四十人という。六百年いぜんから数寄屋普請の用材、茶屋、京の町屋の床柱をつくる美材として育産してきた。太陽にむかってまっすぐに伸びる杉を植林し、下部の枝を伐採し三、四十年たって外皮をはぎ、熟練した女性の手によって磨きあげてゆく。

川辺の家には白木の丸太がたて並べられ、紺がすりに赤いたすき姿の婦人が、一木の白木に磨きをかけている。私は千重子の双生児である、苗子のことを思っていた。

杉山からおりてくる女たちのなかに、真砂子は千重子の面影に似た娘をみつける。そして祇園会《え》の夜、双児の姉妹は八坂神社の御旅所でめぐり会う。

新京極を四条へ出た南側に、今も御旅所はあるが、『古都』が書かれた当時からみれば、建物の間にはさまれ狭い形ばかりのものになっている。

苗子は北山の里で働く女性である。両親に死別し、ただ独りの境遇を、つつましく生計をたてて暮らしている娘だ。作者の視点のウエイトは、むしろ千重子におかれているのだが、苗子のしんの強い自律的な生き方は好ましい。養父母に養われ自己の意志を殺して、受動的にしか生きえないであろう千重子には、寂寥と哀愁の陰りがある。

苗子も、人間が生きることの涯しない孤独と憂念を、身にしみて知っているであろう。姉妹として千重子にめぐり会っても、二人は別な人生を生きねばならない。

雪の華のような北山杉の樹林を眼前にして、骨身にしんとしみ込んでくる寒気のなかに立ち、筆者はきびしい清々しさを見ていた。そして、まっすぐに生え育った杉林の端正さを、苗子の至純な心の健やかさに、かさね合せてみたいと思う。作者は丹精して生育される北山杉の美趣を、千重子で象徴したいのであろう。しかし、厳寒にたえて白く立つ杉木立は、友禅の着物と、西陣の帯で身をつつむ、千重子の映像ではない。もっと清冽でりりしい姿形をもつ。それが白木の床柱として磨かれ、茶室や京の町屋をかざる時、それは、まさしく千重子の生き方を象徴するものになろう。

土に根をはり、降りしきる雪のなかに立っているのは、苗子であり、美材として床柱に置かれるのが千重子なのではないか。そうした意味で、北山杉は『古都』の姉妹を象徴する、作品の舞台だといえる。

京の四季に、深くかかわる風物を描きつつ、『古都』の底流にあるのは、人間存在にかかわる「孤独」と、「憂愁」である。そして千重子の養父太吉郎の、名人気質ではあるが、天稟の才をもたぬという、「虚無」のかげともいうべき寂寥である。

それは『古都』執筆時期の川端康成における、一種の心理的な危機的情況の投影であると同時に、川端文学の本質的な部分である。

作品『古都』は昭和三十六年十月から翌三十七年一月まで、「朝日新聞」に連載された。この作品により、北山杉の里は多くの人々に知られることになる。「北山杉資料館」の奥庭に、『古都』文学碑が、杉の樹林を後景にして、昭和四十七年に建てられた。

降りしきる雪の中、梢にのみ枝葉を残した杉木立は、白い雪の花のような、端正な美しさを見せていた。苗子はまっ直ぐに立つ北山杉のように、りりしい美しさを持つ女性《ひと》であり、千重子は京友禅に似て、しなやかにきれいな女性を思わせる。いずれも心の内に孤独と哀しみを秘めているけれども。

千重子を取り巻く人達は、それぞれに心温かな善意の人として描かれている。太吉郎夫婦は情に厚く、秀男は腕のいい織工として誠実であり、水木兄弟はやさしい配慮を示す。作者川端康成の見事な人物創造であり、作品『古都』は雅《みやび》な京の物語である。

(5)

川端康成と京都

川端康成は昭和四十三年、日本最初のノーベル文学賞を受賞している。日本の伝統的な美しさと、日本人の心を描いた作品として、『雪国』、『千羽鶴』、『古都』などの長編小説が海外で多く翻訳され、国際的にも高く評価されたためであった。

昭和二十年から同二十八年にかけて、川端にとって知己親友の病死が相次いだ。軽井沢で親交を深めた堀辰雄が逝ったのも二十八年である。川端は「日本の美しさのほかのことは、これから一行も書こうとは思わない」と述べている。「日本風な作家であるという自覚」、そして「日本の美の伝統を受け継ごうという願望」を、自らの作品に昇華させてゆくのである。

川端康成にとって京都は「心のふるさと」であった。古都の静かなたたずまいや、移りゆく自然の風景に深い愛着をもっていた。

しばしば京都を訪れ、長期間にわたり滞在。そうした月日のなかで、京を舞台とした数編の小説が創られることとなる。

長編小説『古都』は、昭和三十六年十月から同三十七年一月まで「朝日新聞」に連載され、同年六月新潮社より単行本を出版。現在は文庫化されている。川端は昭和三十六年文化勲章を受章。同三十七年毎日出版文化賞を受けた。こうした受賞の時期に、『古都』の執筆はつづけられた。京都の下鴨にある広い屋敷の座敷を借り、相当な準備をしてこの作品を書きあげるのである。

小説『古都』は、京の四季を背景にして、年中行事や様々な祭りのようすが絵巻きのように繰り広げられている。日本の伝統的な美を描いて、川端の作家としての才筆は、秀逸と言っていい。

八坂神社御旅所・北山杉

『古都』には、美しい双子の姉妹がヒロインとして登場する。姉の千重子は、中京にある京呉服問屋の一人娘として育てられた。外面的には幸福そうに見えるが、千重子は自分が店の門口に捨てられていた「捨て子」だと知っている。実の両親を知らないという千重子の心には、憂愁の想いが深い。

祇園祭の宵山の夜、四条通りの真中にある八坂神社御旅所で、双子の妹である苗子にめぐり会う。そして生みの親である父母は、すでに亡くなっているのを知る。父は北山杉の枝打ちをしていて、落ちて死亡したのであった。苗子は北山の里で育ち、この村で

八坂神社（上下）

北山杉

働いている。粉雪の降る北山杉の姿は美しい。苗子はまっ直ぐに立つ北山杉のようにりりしく、健気な女性《ひと》であり、千重子は京友禅にて、たおやかに、きれいな女性《ひと》を思わせる。

　苗子には一人で生きなければならぬ孤独と寂しさがあり、千重子は暗愁の想いを心の内に秘めている。千重子と苗子は各々に人生の哀歓と、心にしみいる寂しさを内面にとどめることになる。

それは、この作品の重要なテーマでもあろう。

平安神宮の端正な美しさ

『古都』には多くの社寺が描かれているが、特に「平安神宮」の四季の風景はあでやかだ。春の紅しだれ桜、夏の睡蓮、秋の紅葉と萩、冬の雪景色。社殿は平安奠都《てんと》千百年を記念して明治二十八年に建てられた。神宮道を歩いてゆくと朱色の大鳥居があり、岡崎公園の左右に国立近代美術館、図書館、京都会館、京都美術館が建つ。黄色のイチョウや紅葉した並木道が、整然とした清清しさだ。

平安神宮（上下）

応天門をくぐると一面に白砂が敷かれ、正面に大極殿が左右対称に広がっている。平安京大内裏・朝堂院を八分の五に縮小。西の回廊に神苑入口がある。約一万坪の回遊式庭園には三つの池があり、清流が流れ、松の濃い緑を映しだす。紅葉した樹々の下には、ひっそりと萩が咲いている。秋から冬の季節にここを訪れる人は少ない。外国人の旅行者は多い。庭園の中は静けさがあり、秋の風情を感じさせる「平安神宮」は、端整な美しさを見せていたのであった。

長編小説『古都』は、しばしば映画化、テレビドラマ化された。平成十七年、上戸彩主演でドラマに、最近では平成二十八年十一月、松雪泰子主演で映画化されている。

川端康成『虹いくたび』――京都

川端文学のテーマは、愛と死である。

たとえば、クライスラーのヴァイオリンで『愛の悲しみ』を聴いているような旋律を『虹いくたび』を読みながら感じる時がある。

作者の心の奥深くひそむ憂愁が底流となって、作品の文章にある種の旋律を感じさせるからかもしれない。それは、作者の魂のひびきである。

昭和二十年、川端康成は、島木健作の死を看取る。二十二年、横光利一の死。横光利一は、「文芸時代」からの無二の親友であり、川端康成の人と作品に対する優れた理解者であった。さらに翌二十三年、恩人であった菊池寛が世を去る。恩人と友人の死——愛惜してもあまりある人々の死は、川端康成の精神に深い傷跡を残した。

川端康成は、肉親との縁が薄い人である。

医師であった父栄吉は、作者二歳のときに病死。翌年母が亡くなり、七歳で祖母、十歳で姉、十五歳で祖父を失った。幼年期から少年期まで次々と血縁を失っていった川端康成にとって、孤独感というのは、観念ではなく、身にしみついた哀感であった。彼はいやおうなく常に死と対面し心の中にくい込んでくる痛みを見つめなければならなかったであろう。

幼くして人生の寂寥を知り〝人恋し〟さのなかで出会った友人や恩人の存在は、大切な精神的支柱であった。だから、友人、そして恩人の死は、悲しみをつきぬけた痛烈な痛手を川端康成の心に与えたであろう。

昭和二十四年、川端康成、五十歳――このころから、充実した多作の時期を迎える。『千羽鶴』と『山の音』の発表のかたわら「婦人生活」に『虹いくたび』、「朝日新聞」に『舞姫』の連載がはじまる。あたかも、忘れ得ぬ人々を永久に失った哀傷を、書くことで形象化し、忘れさろうとしているような旺盛な創作活動であった。

川端文学のニヒリズムは、しばしば指摘されている。作品にも虚無の影が濃い。両親をはじめとする血縁者を次々と亡くし、多くの友人、知己の死をいやというほど見なければならなかったこの作家にとって、世俗的な事象も、かくあるべきという世間の思惑も、すべては、この世の虚しさとして心に映じていたのではなかったか。人生におけるあらゆる出来事も、稲妻のように一瞬輝くが、すぐ消え去り無に帰する。無は闇である。

川端文学の虚無は「はかなさ」への思念と無縁ではない。そして、川端康成のあの大きな目は、「はかないもの」の中に美を見ている。それは、日本の伝統的な精神といっていい。また、川端康成という作家の資質でもある。

人間は、孤独な存在である。川端康成の鋭敏な感受性は、孤独そのものの深淵をかぎつけている。それを見つめることから作家的出発がはじまった。それは、日常的な幸福や年月の流れでも覆いつくせない孤独地獄である。

人生の憂愁の深化――それは、ある場合は虚無に、またその虚無ゆえに燃え続ける情念として作品が創造されていく。

『虹いくたび』の主題は、孤独な魂である。どのような愛、血縁や人々との出会いがあろうと孤独から逃れることはできない。それは姉娘、百子の魂の姿である。

百子の母は、百子の父である水原との愛に破れ自殺する。百子の恋人、啓太は、その愛の想いをあたためあえずに、航空兵として沖縄で戦死している。百子の心の傷は深い傷痕となって、生涯、癒《いや》されることはないであろう。むしろ時とともに憂悶の翳《かげ》は濃くなっていくように思われる。だからこそ、百子と竹宮少年とのかかわりは、自殺のなしくずしかもしれないのだ。

百子を思慕した竹宮少年は、絶望のうちに自殺する。「死に至る病《やまい》」は、百子一人のものではない。純粋な魂であればあるほど、永遠に結ばれることのない愛の悲しみは絶望の闇を見るのである。稲妻のあとの闇のように……。

母親の違う妹の麻子は、琵琶湖の向こう岸に虹が立つのを見る。彼女は、湖水の向こうの、虹の立つ国へ生きてゆきたいと思う。

小説『虹いくたび』に描かれる虹は、人と人との想いに架ける心の橋なのではないか。虹色の心の橋は、華やかで、はかないものであっても、人は虹に願いを掛けずにはいられない。

百子が見失った心のかけ橋を、麻子は見ようとする。それは、生命とともに消えるはかなさだが、麻子は虹のかかっている方へと人生の軌跡を歩むのであろう。

筆者は、作品に描かれた銀閣寺から若王寺《にゃくおうじ》の方へと「哲学の道」を歩いた。疏水は澄んだせせらぎで、並木に沿って流れている。夕影の中で濃い青の紫陽花が、散りゆくまでのあでやかさで今を盛りに咲いていた。

平家物語　御室仁和寺

仁和寺の創建は仁和二年（八八六年）光孝天皇の勅願によってはじめられた。しかし崩御により、その遺志をついだ宇多天皇によって造営されることとなる。

藤原氏の摂関勢力に対し、政道刷新の実現をのぞんだ宇多天皇は菅原道真を起用、天皇親政をはかるのだが、左大臣藤原時平との不和に耐えず三十一歳で醍醐天皇に譲位し、出家して仁和寺に入る。

御室《おむろ》とは高貴の人の居住する僧坊をさしていたが、のちにこの寺に入る法親王のよび名となり、さらに仁和寺のあたりの地名となった。創建当時の建物は火災により焼失して残っていないが、後の復興となる仁和寺の宸殿や庭園には、どこか王朝貴族の華やかさを感じさせるものがある。秋の紅葉が静かな風趣をみせる庭。勾欄《こうらん》をめぐらした廊下でむすばれる御殿のたたずまい、蔀戸《しとみど》の造作など、母屋《もや》と廂《ひさし》からなっていた平安朝の、貴族が住宅とした寝殿造《しんでんづくり》の様式をのこし、風雅な伝統の残照といったものを思わせる。

東には衣笠山がみえ、山門の南には双ガ丘があり、その麓に吉田兼好と、その友人であり歌人であった頓阿《とんあ》が庵をつくり、画家の尾形光琳、陶芸家の野々村仁清は仁和寺の門前で閑居をかまえた。貴族の別業《べつぎょう》（別荘）の地であったと同時に、文人芸術家たちが心惹かれるみやびやかな風土的特色が、この地には残存していたのであろう。

仁和寺といえば『徒然草』五二、五三段の僧の失敗談が有名だが、筆者に好ましいのは『平家物語』巻七にみる「経正《つねまさ》都落」の章である。平経正は清盛の弟経盛の長子であり、一ノ谷の合戦で討死する敦盛の兄にあたる。詩歌管絃にすぐれ、琵琶の名手であった。

治承四年九月木曽義仲が挙兵し、史上名高い倶利伽羅峠での戦闘で平家は致命的な打撃をうける。義仲は勢いに乗じて寿永二年七月、比叡山延暦寺に入る。平家一門の都落ちは同年七月二十五日。各々の家邸に火をかけ煙塵の中での都落ちであった。

平経正は一門と行動を共にする。その都落ちの日、侍五、六騎をひきつれ仁和寺殿へかけつけて、門主守覚法親王に別れの言葉をのべるのである。

「一門の運つきて、今日既に帝都をまかり出で候。うき世に思いのこす事とては、ただ君の御名残ばかりなり」

八歳で仁和寺に入り法親王に仕えたのであったが、今日以降は西海千里の波の上におもむく運命であり、いつ帰れようとも思われない。宮よりお預りしていた琵琶の名器「青山」を返して、歌を詠みかわし名残りを惜しんだのであった。

「さていとま申して出でられけるに（中略）侍僧にいたるまで、経正の袂《たもと》にすがり、袖をひかえて名残を惜しみ、涙をながさぬはなかりけり」

と『平家物語』は別離を語る。経正は一ノ谷の合戦に敗れた他の君達とともに、再び都へ立ち帰ることなく討たれて生涯を閉じるのである。

平家物語の雅び

「祇園精舎の鐘の声、諸行無常の響きあり。沙羅双樹の花の色、盛者必衰のことわりをあらわす。おごれる人も久しからず、唯春の夜の夢のごとし」

『平家物語』冒頭の名文は、この世の全ての物は常に移りゆき、あのはかない春の夜の夢のようなものである、と言う書き出しで始まる。平家の隆盛と栄華、そして一門の滅亡を見て来た当時の人々にとって、無常観の思想は、むしろ観念として心に深く定着していたであろうと思われる。

『平家物語』は「読み物系」と「語り物系」とに大別される。読み物系は書物として読まれ、語り物系は盲目の琵琶法師によって語られた「平曲」である。多くの聴衆を前に語る場合、ストーリーは誇張され人物は類型化され、物語は増補加筆が行われた。一部の伝本を除いて、流布本の構成は十二巻、それに灌頂巻（かんじょうのまき）を加えて大成した覚一本（かくいちぼん）は文学的評価が高い。最後に一門の菩提を弔う建礼門院の姿を描くことで、戦乱でこの世を去った平家一門の人々への、鎮魂の思いがこめられているのであろう。

『平家物語』には虚構化された部分が多く、清盛を悪玉に、嫡男重盛を善玉として描いていて、事実も作者たちの意図によって歪曲がなされている。海外貿易を考えた清盛の進歩性、スケールの大きさなど、実像と虚像を正しく読み分けなければならない。物語中の登場人物の中にも、実在した歴史的人物ではない、作り出された架空の人物がかなり多いのである。

平家興隆の契機となった清盛の父、忠盛の昇殿は長承元年（一一三二年）であるが、平家が貴族社会に参入して来るのは保元の乱（一一五六年）、ことに平治の乱（一一五九年）以降である。清盛の死は養和元年（一一八一年）、平家一門が壇の浦で滅亡するのが文治元年（一一八五年）のことだから約二十五、六年という四分の一世紀で栄華をきわめ、没落していった平家の運命に、同時代の人々は深い関心を抱き、また哀傷の思いを深くした人々も多かったであろう。

平家一門の栄華

桓武天皇の系譜に連なる平氏は伊勢地方の豪族であったが、平安末期に莫大な経済力をバックとし、軍事力を基盤に中央に進出し、院政と直結するのである。源氏は藤原摂関家に接近したが、平氏の巨万の富と政治力は源氏を圧倒するものであった。

白河法皇、鳥羽上皇の院政と結び付いた平氏の忠盛は重用され、忠盛の嫡男清盛は十二歳で従五位下、そののちも異例のスピードで昇進を遂げてゆく。清盛は武士として初めて公卿（三位以上の朝官）となり、ついに太政大臣にまで昇り詰め人臣最高の権勢の座につく。少年期から青年時代の清盛は頭の切れる、容姿の美しい貴公子であったという。清盛の実像は『十訓抄《じっきんしょう》』にも描かれているように、配下の者の面倒をよく見る情愛の深い人物であり、温容ですぐれた武将でもあった。

しかし権勢を掌握した後年の清盛は、後白河法皇との確執他、諸般の事情もあったのだが、専横な振舞いも多くなり、各地で反平氏の動向がおこる。

一一六七年、清盛は太政大臣を辞任し、翌年出家、法名は清蓮のち浄海と号す。一一七九年、長男重盛病死。一一八〇年伊豆で源頼朝挙兵、義仲信濃で挙兵。富士川の合戦で平家軍敗走。一一八一年清盛の娘徳子が中宮であった高倉上皇は教養も人徳も備わった賢王であったが二十一歳で崩御、安徳天皇の父である。同年、悪性の風邪にかかり清盛は六十四歳で死去する。一門の中には公卿に列せられた人も多く、まさに栄耀栄華を体現した平家一門の、統率者の死であった。

平家一門の都落ち

一一八三年七月、木曽義仲が五万余騎を率い、比叡山の衆徒とともに京都に攻め入るという報が入り、一門の人々は都落ちを決意することとなる。清盛の別邸であった西八条邸は五十余の棟を並べた大邸宅であり、現在の京都駅の周辺である。そして本邸があり、平氏政権の中心地六波羅は、方三キロにわたる南北二十二町が平氏一門の中心的居住地であった。一門の大邸宅が立ち並び、総数五千二百余とも記されている。

一門が都落ちするまでは、烏帽子の折り方から装束の折り目のつけ方まで「六波羅風」といって世間の人々はこれを取り入れたという。美々しい平家の公達は、都の人々のアイドルであり、六波羅は当時のファッションの発信地でもあった。

都を落ちるに際し、建礼門院徳子と六歳の幼帝、安徳天皇を同じ御輿に乗せ、一門の邸宅や在家に火を放ち、三種の神器を奉じて西国へと向かうのである。わずかに残った総勢七千余騎、石清水八幡宮で帰洛を祈願し、はるかに立ちのぼる六波羅、西八条の煙をふり返り、涙とともに都と別れたのであった。

薩摩守《さつまのかみ》忠度《ただのり》は清盛の末弟であるが、主従七騎で都に引き返し、歌の師である藤原俊成の五条の邸を訪れ、鎧の引き合わせから和歌を書きとめた巻物を取り出して、勅撰集への入集を願う。俊成は感涙にむせんで、この形見の和歌を決しておろそかにしないと約す。忠度は「もう憂き世に思い残すことはございません」と言って馬にうち乗り、甲の緒を締め、西に向かって落ちて行くのである。

忠度の態度にはなみなみならぬ歌道への執心と、師に最後の別れを告げる悲壮な覚悟があり、武人としてのいさぎよさが、読む者に哀惜を感じさせるものだ。

忠度は一の谷の、西の陣の大将軍であったが、紺地の錦の直垂《ひたたれ》に黒糸縅《くろいとおどし》の鎧を着て黒い馬に乗る。黒づくめの地味ないでたちだが、武人らしい凛々しい姿だ。忠度は一の谷の戦いで討ち死にし、箙《えびら》に結びつけた一首の歌によって、忠度と知られる。それには

「行《ゆ》き暮《く》れて木《こ》の下陰《したかげ》を宿《やど》とせば、花や今宵のあるじならまし」とあった。

敵も味方もこれを聞いて、「ああ、おいたわしい。武芸にも歌道にもすぐれていらっしゃったお人を」と言って涙を流し、袖を濡らさぬ者はなかった、と記されている。忠度の歌はその後、『千載集』をはじめ五つの勅撰集に計十首が入集し、私家集に『忠度集』が残された。

清盛の弟経盛《つねもり》、その子息経正《つねまさ》、経盛の父忠盛も和歌の才があり、三代にわたってすぐれた歌人であった。また経正は琵琶の名手である。都落ちの時、幼少時からゆかりのあった仁和寺を訪れ、賜った琵琶の名器「青山《せいざん》」を返上する。御室守覚法親王《しゅかくほっしんのう》は鎧装束の経正と対面し、涙ながらに別れの和歌を取り交わす。寺内はみな経正の袂にすがって名残りを惜しみ、人々の涙に見送られて経正は仁和寺を後にする。一の谷の合戦で経正は討ち死にし、短い生涯を閉じるのである。

平家一門の公達の中には、歌道や、琵琶、笛の名手がいて、合戦に明け暮れる武士集団としての生活よりも、貴族化され楽才、歌才のある風雅な風情を持った人々が多かった。一門の中で、第一に容姿が美しいと言われた重盛の嫡男維盛《これもり》は大将軍の器としては心優しく繊細であり、高野山で出家ののち、那智にて入水することとなる。このように『平家物語』には、平家一門の滅亡にともなう、様々な悲話が語られるのである。

一一八四年、義仲は源義経の率いる東国勢に討たれて敗死。一一八五年、壇の浦にて平家滅亡。一一八九年、義経も衣川で討ち死にする。まさに激動の時代であった。

蓮華王院（三十三間堂）

鴨川の東、六波羅の南の法住寺殿は、後白河法皇の院御所であった。その敷地は広大な規模を持ち、法皇五十歳の賀宴で、清盛の嫡孫惟盛が「青海波」を舞う。その姿は優美で美しく、平家全盛の時期である。

蓮華王院本堂は御所の仏堂として、一一六四年清盛が創建。一二四九年火災で焼失したが再建され、一二六六年に完成している。柱間の数が三十三あるところから、三十三間堂と通称されている。この仏堂の建築美は力強い直線的な簡潔さにある。どの角度から見ても鋭角三角形のコンポジションが、雄大な伸びを示している。整列する柱は円柱である。

内陣正面中央に十一面千手観音の座像が安置され、その左右に五百体ずつ千手観音が整然と並んでいる。黄金の千体仏の群像は、仏師によって特色の差異を示す。観音は三十三身に応現して、衆生を救う菩薩である。

法住寺殿は平家の栄華の舞台でもあった。三十三間堂庭園に法住寺殿跡の碑が建っている。

六波羅蜜寺あたり

法住寺殿の北にあったのが、平家一門の居住した、六波羅である。貧しい人々の居住区域であった六波羅を、平家一門の大邸宅の建ち並ぶ町としたのだが、正盛、忠盛、清盛の三代、とくに清盛である。六波羅蜜寺周辺に、急増した平家の邸宅は五千二百余。一門都落ちの際に、邸宅の全てに火を放ち灰燼と帰す。清盛の居館泉殿の跡は三盛町、清盛弟の教盛邸のあった門脇町、頼盛邸のあった池殿町など町名で、その跡がしのばれる。

大原寂光院

二位の尼（清盛の妻）は八歳の孫、安徳天皇をかき抱き壇の浦で身を投げる。ともに入水した建礼門院は引き上げられて都に送られ、帰洛から四日後、東山長楽寺で剃髪出家、二十九歳である。文治元年（一一八五年）秋、大原の寂光院に入る。

女院の庵室跡は本堂左の脇門を出て杉木立の中、四つ目垣に囲まれて御庵室跡の碑が建っている。寂しさの深まる、清閑の地である。文治二年四月、後白河法皇はわずか十余人の供を連れて、寂光院に建礼門院を訪ねて来る。法皇とは舅、嫁の間柄だが、平家追討の院宣を下し、一門を滅亡に導いた法皇と対面した女院の心中には、複雑な思いがあったであろう。女院は清盛の次女であり、高倉天皇の中宮として容姿、才能ともにすぐれ、月の光にたとえられた華麗な日々を過ごしていた。今は粗末な墨染めの衣に、ワラビ、ミツバを摘む貧しい食物の生活。また大原の里は冬の寒気も厳しく、その中で、女院は息子、安徳天皇と一門の冥福を祈る日々であった。

『平家物語』灌頂《かんじょう》の巻《まき》では、女院の死去を建久二年（一一九一年）二月、三十六歳とするが、その死亡年月には諸説がある。読み本系の『平家物語』によれば、再び京の町の東山の麓（一説では高台寺の北金仙院）に住み、六十九歳で亡くなり、東山の鷲尾に葬られたとされている。

室町時代頃までに荒廃してしまっていた寂光院であったが、建礼門院の庵が江戸初期に女院をしのぶ人々によって再建され、それが「寂光院」とよばれるようになったのである。

寂光院は平成十二年五月火災により本堂が全焼、同十七年六月、元の姿に再建された。

伊豆のロマンが宿る――名作の舞台

伊豆出身である作家、または伊豆を舞台にした文学作品、さらに伊豆に滞在して創作にうち込んだ文学者はきわめて多い。文学、そして他の芸術作品にしても、その作品と風土というものは、深いかかわりを持っているように思われる。名作が創り出される風土には、何か、そうした創造力をかきたてる、自然の風景と、奥深い風土の力を秘めているのかもしれない。

多彩な才能を見せた——木下杢太郎

伊豆東海岸の伊東市には、多数の文学碑があるのだが、この地に生まれ、時代の芸術における先駆者としての仕事をのこしたのが木下杢太郎であった。伊東公園に建てられている文学碑は、ミラノで出版された世界の記念碑芸術集に、日本を代表するものとして収められている。設計は谷口吉郎であり、御影石を屏風形にデザインした、気品のある作品になっている。

私が伊東公園を訪れた日、杢太郎の文学碑のあたりには白と紅色の梅がさかりに咲き、春の陽ざしが、御影石の表面にきざまれている牡丹の花の線描を、白く浮きたたせていた。この花のデッサンは杢太郎の数多いスケッチ帖の一点からとったものであり、清楚な美しさをもっている。可憐な梅の花の下に建つ、静かな文学碑のたたずまいがある。

石段を下って、伊東市湯川にある「木下杢太郎記念館」へむかった。この建物は杢太郎の生家であり、一八三五年に建てられた木造の民家である。そのもっとも古い部分は記念館として保存され、杢太郎のノート、万年筆、顕微鏡などのほか、豊かな画才を思わせる植物画集、原稿が展示されている。死の直前まで描きつづけたという画集には、道に咲く花や雑草にまで、杢太郎のあたたかな眼が注がれ、命あるものへの愛着と、的確で精密な筆使いがみられる。

木下杢太郎は明治十八年、この伊東で「米惣」という屋号を持つ旧家に生まれた。家は呉服や雑貨をあつかう商家であったが、父親は杢太郎を医学者にすることを望んだ。四人の姉たちは明治女学校やフェリス女学院に学び、長兄は初代の伊東市長となり、郷土のためにつくした。次兄は幅の広い教養をもち、近代都市東京の基礎をつくった人である。

木下杢太郎の本名は太田正雄だが、はじめは医学を専攻することをきらい、画家か文学者になりたいという願いをもっていた。しかし一高から東大医学部にすすみ、のちに医学者として業績をのこすことになる。その一方で詩人、美術評論、戯曲、小説、翻訳など文学者としての活動をつづけたのであった。医学の方では東大教授となり、ハンセン病の研究を行ない、フランス政府からレジオン・ドヌール勲章をうけている。

伊東の海岸から眺める晴れた日の海は、深い鮮麗な青さをもつ。この冴えた海の碧色は、私の心に忘れえぬものとして、いつまでも残ることだろう。

浜の真砂に文かけば
また波が来て消しゆきぬ
あはれはるばる我おもひ
遠き岬に入日する

杢太郎の詩を思いうかべながら、この作家のナイーブな情感と感受性は、まるでサファイアブルーのような海の輝きのなかではぐくまれ、詩人の魂へと昇華されていったのかもしれない。

山峡に静かに佇む温泉郷――湯ヶ島

湯ヶ島は、井上靖の長編小説『しろばんば』と、『あすなろ物語』の最初に書かれている「深い深い雪の中で」の舞台になっている。

伊豆半島のほぼ中ほどにある温泉郷であり、今でも静かな雰囲気をのこしている。沿道には杉並木があり、狩野川にそうように旅宿が建ち、数多くの作家たちが滞在していた昔日の面影をのこしている。井上靖が少年の日に泳いで無邪気に遊んだという狩野川を見たいと思って、川岸の方へ下りて行った。

山峡を流れる川には、大小の石が散在している。その間を川波は白く、そして深い渕になっているところは、濃い青翠《せいすい》の色をみせて流れる。『しろばんば』に書かれているように、主人公の洪作少年が渕にとびこみ、浅いところで泳いで、冷えた体を石であたためて、甲羅干しをしたという、そうした情景を思い浮かべながら、清冽な川瀬の音を聞いていた。

都会の騒音や人波から遠くへだたり、また温泉地にありがちな、はではでしい歓楽街の気配もない。茂る樹々と、清澄な空、そして清流の風景が私の心をつつみこむ。このような寂とした清らかな自然と風景のなかにあって、いくつかの名作が創られたことに、あらためて一種の秘めやかな感動のようなものを感じながら、急流の岸にしばし立ちつくしていた。

井上靖は軍医であった父の任地、北海道の旭川で生れたのだが、郷里は伊豆の湯ヶ島である。井上家はここに代々住みついた医家であった。任地を転々と移る両親のもとを離れて、六歳から十二歳まで祖母と二人、湯ヶ島で過した。母屋は人に貸し土蔵で暮した祖母との生活は、自由であったと同時に、どこか孤独な心の陰影をひめて、それはさりげなく『しろばんば』や『あすなろ物語』に投影されている。それは井上靖の作品『猟銃』のなかにも、天城への間道をのぼってゆく一人のハンターの後姿に、「人生の白い河床をのぞき見た」孤独な精神の映像が描かれるのだが、それは作家井上靖自身の深い孤独感の原像であろう。そうした感性は、白く光る川波の清流とともに日々を過した、清冽な風土のなかで、純潔に磨かれていったものなのであろうと思う。

若くして病死した美しい叔母まちは、『しろばんば』ではさき子という名で書かれているのだが、この美しかった叔母への憧れは、井上靖にとって理想の女性像となって作者の胸に残っているのであろう。それが『あした来る人』『氷壁』など、井上靖の文名を高めた純粋な愛の姿を描く作品へと結晶されていくように思われる。

小学校六年の年、祖母が他界し、中学二年から三島の伯母に預けられ沼津中学に通学する。そして四年生から沼津の妙覚寺に預けられるのだが、この寺での生活は『あすなろ物語』『夏草冬濤《なつぐさふゆなみ》』に描かれている。

『しろばんば』は作品の舞台が湯ヶ島を中心にすえており、文章はけっして感傷に流されず、抑制のきいた写実的な描写で、自然の風物と主人公の内面を的確に描きだしてゆく。少年期を題材にした作品だが、井上靖らしい品格のある名作だと言えるであろう。一方『あすなろ物語』は、より小説的でありドラマティックな展開をみせる。ただ伊豆を舞台にした部分には、さりげない文章のなかに、ふと心うたれる抒情性がひそめられている。狩野川の深青の色を見つめながら、私は二つの作品のことを思っていた。

川端康成のもとに集まった文士たち

湯ヶ島のひっそりとした道を歩いて、川端康成が『伊豆の踊子』を執筆した「湯本館」をたずねて行った。突然の訪れであったにもかかわらず、宿の人たちは親切に川端康成が滞在したという部屋に案内してくれた。階段を上った左手の四畳半はきれいに掃除され、窓辺には小さな机が置かれている。小ぢんまりとしているが明るく、清潔な部屋であり、いかにも、もの書きが落着いて仕事をするのにふさわしい、ぴんとした気配がある。当時はまだ貧しかった川端康成を大切にあつかい世話をしたのは、女将の安藤かねという人であった。大正十一年から昭和二年にかけて、川端は湯ヶ島をおとずれ「湯本館」に滞在したのであったが、今ほど一般に知られる以前の作家を懇切にめんどうをみたという、この女将のすぐれた人柄がしのばれる思いがする。湯ヶ島の人たちは今も純朴で親切である。おだやかで、こせついたところがなく、訪れたどの場所でも、心くばりのある応対であった。

川端康成が湯ヶ島にいたころ、宇野千代、尾崎士郎、梶井基次郎、萩原朔太郎その他がこの地を訪れ、まるで文士村のような雰囲気さえあったにちがいない。

梶井基次郎は結核がかなり悪化しており、その静養のため川端のいる湯ヶ島へ来たのであった。梶井が滞在したという「湯川屋」を見たいと思い、ひっそりとした道を歩いた。猫越川という川にそって宿があり、狩野川よりはさらに狭い、寂々とした渓流である。翠緑《すいりょく》の流れは、どこか凛冽の気配を感じさせる。

湯川屋の前の細い道をのぼって、梶井基次郎の文学碑の前に立った。一年四ヵ月の湯ヶ島滞在は、梶井文学にとって、自然と生命を見つめる鮮烈な作品を創造させている。『筧の話』『闇の絵巻』など発表した作品は二十篇であったが、それらの短篇は絶品といっていいほどの精神の冴えと、文章の澄み切ったみごとさがある。これほどの才筆を持ちながら三十一歳で世を去った梶井基次郎の文学碑は、夕暮れのせまる山あいのなかで、どこか淋しげにみえた。彼の残した作品はその死後になって認められ、五月の檸檬忌には、梶井文学を愛する人々が湯ヶ島に毎年集ってくるという。

筆者は立ち去りがたい思いで湯ヶ島の雑木林が茂る道を歩いた。そして狩野川の清流に別れをつげ、夕暮れがひそやかにせまる湯ヶ島を去ったのである。

あたたかな触れ合いの舞台——天城峠

以前に下田から天城峠を通り、昭和の森に建てられている「伊豆近代文学博物館」をたずねたことがある。『伊豆の踊子』の肉筆原稿があり、井上靖邸が建っている。ここから浄蓮の滝までの道を歩いた。桜が舞い散り、家の庭には桃の花が咲き、あたたかな陽射しのなかで山葵を栽培する田畑がのどかな風景をみせる。人の心を慰めにさそうような、明るいおだやかな山村であり、かすかな風にゆれる木もれ日が美しい。

川端康成が歩いた『伊豆の踊子』の舞台を、私とノンフィクション作家、故桐山秀樹は逆にたどって来たのだったが、こうした清澄な明るさと、安らぎを感じさせる風物が、あの清純な青春の文学を創らせたのであろう。この作品の中、一番好きなのは旅芸人の一行と別れる、最後の部分である。

「はしけはひどく揺れた。踊子はやはり唇をきっと閉じたまま一方を見つめていた。私が縄梯子に捉まろうとして振り返った時、さようならを言おうとしたが、それも止して、もう一ぺんただうなずいて見せた。はしけが帰って行った。栄吉はさっき私がやったばかりの鳥打帽をしきりに振っていた。ずっと遠ざかってから踊り子が白いものを振り始めた」

人々が出会い、あたたかな心の触れ合いがあり、そして別離の場面をみごとに描きだす、ここには心うたれる情感の美しさがある。

作者が一高の学生であった十九歳の日伊豆を旅し、八年後の二十七歳で名作『伊豆の踊子』は、「文芸時代」に発表されたのであった。この作品は伊豆の清麗な風景と純朴な人の心を根底にして、生みだされたものと言えるであろう。

川端康成『伊豆の踊子』

伊豆を舞台にした名作は、きわめて多いと言える。川端康成の『伊豆の踊子』は、伊豆の風景を舞台に、清純な青春の文学を創りだしていることで、有名でもある。

川端康成が伊豆湯ヶ島に滞在して、執筆活動をしたのは大正十一年から昭和二年にかけてであった。大正十一年に『湯ヶ島での思ひ出』を書き、翌十二年一月、菊池寛が「文藝春秋」を創刊、川端康成は横光利一他とともに、同人として加えられた。

名作『伊豆の踊子』は湯ヶ島で執筆され、昭和二年第二作品集として出版された。湯ヶ島は今も静かな雰囲気をのこす温泉郷だが、川端康成が滞在していた宿「湯本館」には、当時のままに執筆した部屋が保存されている。四帖半の小ぢんまりした部屋には、机と書棚が置かれ、作家が仕事にうち込んでいた頃の、ぴんとした気配が今ものこっている。

湯ヶ島にいたころ、まだ貧しかった川端康成を、何くれとなく世話をしたのは、「湯本館」の女将安藤かねであった。まだそれほど文名のあがっていない作家を、大切にあつかってめんどうをみたという、女将のやさしい人柄がしのばれる思いがする。

川端康成が湯ヶ島にいた、昭和元年十二月三十一日に、梶井基次郎は結核療養のためこの地に到着し、その翌日、川端康成をたずねて行ったのであった。この時から一年四ヵ月あまり、梶井基次郎は湯ヶ島で凄じいまでに魂の冴えを思わせる短篇『冬の蠅』『蒼穹』『筧の話』他を執筆したのであった。この時期、湯ヶ島をおとずれた文学者は、宇野千代、尾崎士郎、広津和郎、萩原朔太郎、そして梶井基次郎の友人であった三好達治、淀野隆三などである。このころの湯ヶ島は、まるで文士村のような様相さえあったのではないかと思われる。

また木下杢太郎の詩『浴泉歌』、北原白秋『渓流唱』三十七首、西脇順三郎の『近代の寓話』、こうした詩歌が創られたのも湯ヶ島であり、三好達治は『鹿』『峠』といった、天城路をうたった詩を書いている。


旧天城街道は多くの作家たちがここを通り、下田へ旅した道である。そして『伊豆の踊子』の舞台として、不朽に名をのこすこととなった。

紺青の色に暮れてゆく下田の港は、どこか淋しげに見える。作品『伊豆の踊子』では、一高の学生である「私」が旅芸人の一行と別れる、最後の舞台がこの下田である。せめてもう一日だけ出発をのばしてくれと皆は言う。しかし「私は明日の朝の船で東京に帰らなければならない」旅費がもうなくなっているためだ。乗船の所まで送ってきた踊子は、「唇《くちびる》をきっと閉じたまま一方を見つめて」いる。踊子の兄である栄吉は「私」がやったばかりの鳥打帽をしきりに振っていた。そして船がずっと遠ざかってから、踊子が白いものを振り始める。別離の場面を描いて情感のある、みごとな描写である。

作者が十九歳の年伊豆を旅し、それは八年後、二十七歳で『伊豆の踊子』へと結晶させている。踊子の姿は八年という歳月のうちに、現実のそれとしてではなく、純化された作品へと、川端康成の作家精神のうちに熟成されてきたものであった。

南伊豆の海辺の村、妻良が描かれるのが福永武彦の『海市』である。昭和四十二年の夏に書きあげ、翌四十三年に新潮社から出版された。

さらに沼津は、井上靖の自伝的小説『夏草冬濤《なつぐさふゆなみ》』で沼津中学時代が語られており、よりロマネスクな作品『あすなろ物語』の第二章「寒月がかかれば」の部分、そして「黯《くろ》い潮」「あした来る人」の舞台でもある。

井上靖は、軍医であった父の任地、北海道旭川の生まれだが、郷里は伊豆の湯ヶ島である。井上家は代々ここに住みついた医家であった。曽祖父の潔はオランダ医学を学び、三島病院の初代院長をつとめた。しかし三十七歳の若さで湯ヶ島に帰り、開業して伊豆一円に名医として知られた人である。三島で芸者をしていたかのを落籍し、本家のちかくに診療室のある家を建て、潔はかのと住んだ。

潔には子どもがなかったため、甥の文次を養子とし、文次の妻たつと、潔の本妻ひろが同居していた。井上靖の母やえは、文次とたつの間に生まれた井上家の長女である。潔は初孫のやえを溺愛し、正式な妻ではなかったかのをやえの養母として入籍した。このような複雑な人間関係のなかで、当然のことながら、本家とかのの間には、感情的な敵対意識が生じていたと考えられる。

井上靖は養祖母かのに預けられ、やがて湯ヶ島を去るまでの少年期を描くのが、自伝的長編小説『しろばんば』である。

井上靖『しろばんば』

伊豆の湯ヶ島は、絹糸のような雨にぬれていた。狩野川は水量を増していて、川瀬の音がはげしく聞こえる。取材のために湯ヶ島をおとずれた翌日雨はやみ、淡い春の光りが山峡の村里をつつんでいる。川に沿って立つ旅館は団体客などでにぎわっているけれど、白々とした街道は、ひっそりとして静かであり、ほとんど人影がない。

湯ヶ島は井上靖の自伝的小説『しろばんば』、そして、よりロマネスクな『あすなろ物語』の最初に書かれている〝深い深い雪の中で〟の舞台になっている。

伊豆半島のほぼ中ほどにあるこの温泉郷は、今でこそ交通は便利になり、この地をおとずれる人々も多くなっているが、井上靖が幼少年期をすごした大正時代は、都会から遠くはなれた田舎の村落だった。

「久保田、宿《しゆく》、西平《にしびら》、新宿《あらじゆく》、世古滝《せこのたき》、長野、新田とかいった七八つの字」が湯ヶ島という名で呼ばれていたと『しろばんば』には書かれている。井上靖が育った家や、本家

（作中では上《かみ》の家）は、久保田という字であった。

『しろばんば』の主人公である洪作少年が遊んだという、狩野川の川岸へおりて行った。山峡を流れる川には大小の石が散在している。そのあいだを川波は白く、淵になっているところは青いというよりは、濃い碧緑《へきりょく》の色をみせて流れていた。

初夏から夏のおわる季節には、緑の雑木林にかこまれ、空の澄みきった光りのなか、狩野川の青翠《せいすい》は、ひときわあざやかな色を深めるにちがいない。洪作少年が叔母のさき子にともなわれて通ったという西平の湯は、この狩野川に沿って今も残っている。

「二つの共同場は西平と世古滝という字にあった。西平の湯の方が近く、それに浴場が明るかったので、洪作たちは大抵の場合西平を選んだ」と書かれている渓谷の湯であり、内部からは狩野川の清流が眺められる。

両親のもとをはなれ、おぬい婆さんと二人で暮らす洪作を、かわいがってくれたのは叔母のさき子であった。沼津の女学校を卒業して、上《かみ》の家に帰ってきた彼女は、「薔薇の大輪でも活かっているように」、「明るく華やかなもの」を洪作に感じさせる。

おそらく洪作にとってさき子の存在は、ほのかな憧れと思慕の対象であったのであろう。

さき子は湯ヶ島小学校の教師になり、同僚の青年と恋愛し出産、のち結核にかかる。当時では不治の病であった。

月光の降る夜、さき子は病身の姿を人々に見られることをさけて、ひっそりと湯ヶ島を去ってゆく。西海岸の夫の任地へゆき、やがてさき子は病死するのだが、薔薇の花のように美しく洪作に優しかったさき子との、これは永遠の別れであった。

作者井上靖が学んだ湯ヶ島小学校は、現在町役場になっているが、坂を上った高台に今の湯ヶ島小学校が建っている。校門をはいったところに桜の大木があり、ピンクの花びらが盛りに咲き、すみれの花が白い校舎へ入る途中に植えられている。穏やかであたたかな雰囲気を感じさせる校庭に、井上靖の文学碑がある。

小学校から坂を下った右手に、井上靖が少年時代をすごした旧居跡がのこっている。あすなろの樹と庭だけが、すぎ去った日々と「おぬい婆ちゃ」の面影を、私に思い出させた。

母家は医者に貸し、裏手の土蔵に洪作とおぬい婆さんの二人は住んでいたのだが、その土蔵は取り壊されて今はない。井上邸は『伊豆近代博物館』の庭内に移築され、土蔵の二階部分は博物館に復元されている。

おぬい婆さんは、洪作の曽祖父辰之助のお妾さんであったのだが、洪作をあずかり慈しんで育てた。辰之助の妻であったおしな婆さん、洪作の祖父母、叔父や叔母たちは上の家に住んで居り、洪作とおぬい婆さんが暮らしていた土蔵から、上の家はごく近い場所にある。

作品『しろばんば』は、そうした複雑な人間関係を、感傷に流されず抑制のきいた文章で描きあげてゆくのだが、小説に書かれているよりも、おぬい婆さんは優しい人であったらしい。

洪作少年は両親よりも「おぬい婆ちゃ」になつき、血のつながらない二人であっても、人の心の情愛による結びつきというものが、私の想いのなかにしみ込んでくる。

中学受験のため洪作は湯ヶ島を去ることになるのだが、その直前の大正九年一月おぬい婆さんはジフテリアに罹り病死する。

おぬい婆さんにとって洪作は生きる支えであり、愛情をそそぐすべてであったのではないだろうか。だからこそ、洪作が自分のもとを去ってゆく前に、別離の深い悲しみのなかで世を去る。

「おぬい婆ちゃ」は洪作少年の湯ヶ島の生活とともに生き、洪作がこの地を去る時、その生涯は終わったのである。

『しろばんば』は清らかなリリシズムをもつ。白い花のような香気を感じさせる作品だといえよう。

名作のある風景

堀 辰雄 『美しい村』の舞台

昭和八年（一九三三年）の六月はじめから九月まで、軽井沢に滞在していた堀は、『美しい村』の各章を執筆していた。この作品は、ブラームスのヴァイオリン・コンチェルトを聴いているような、流麗かつ実験的な作品と言える。そこにはドラマティックなストーリーの展開はない。音楽的な手法を取り入れ、軽井沢の風景描写と情感の繊細な流れが、ときにはピアニシモで、またある部分ではフォルティシモで描かれる。

「僕のいま起居しているのはこの宿屋の奥の離れです。（略）母屋の藤棚が真向うに見

旧軽井沢つるや旅館

えます」(第一章「序曲」)

宿屋というのは、「つるや旅館」であり、藤棚は今も庭に残っている。野バラが小さな白い蕾をつけている、軽井沢では最もさわやかな、初夏の季節から書き出され、それは夏の華やぎへの「序曲」になっているのだ。

「或る小高い丘の頂きにあるお天狗様のところまで登って見ようと思って(略)去年の落葉ですっかり地肌の見えないほど埋まっているやや急な山径を(略)上って行った」(第二章「美しい村」)

小高い丘というのは愛宕山であり、お天狗様は地元の人が風琴岩ともよぶオルガンロックのことだ。外国人たちがベルヴェデールの丘とよんでいたのは、この愛宕山である。

早春にしては暖かな日、筆者は別荘地を通って、愛宕山へ続く小径を登って行った。右に愛宕神社参道入口という道標があり、そこから径は階段の急な登りになる。参道は昨秋からの深い枯葉におおわれていて、一歩ごとに靴は落葉の中に埋れてしまう。『美しい村』で描かれているような雑木林の中に古いヴィラを見つけて、その壊れかけたベランダに、しばらく佇んでいた。堀辰雄が眺めていたであろう、ずっと下の方に見える軽井沢の町のあたりを、筆者も見つめていた。鳥の声、そして林を吹きすぎる風の音が通りすぎてゆく。

『美しい村』に繰り返し出てくる「サナトリウムの建物」は、すでに取り壊されて残っていない。森浦橋を渡り、矢ヶ崎川に沿って下った左側に、かつてサナトリウムはあった。その前の道を外国人たちはサナトリウムレーンと呼んでいた。

今では丈も高くなってしまったが、当時は人の背丈ぐらいだったアカシアの並木が今もある。まっ白で小さな花房の咲くアカシアは、その香りとともに、初夏の軽井沢を彩る風景になっている。矢ヶ崎川に沿ったサナトリウムレーンは、現在「ささやきの小径」と名付けられていて、夏の新緑から、秋の紅葉にかけて風景の美しい散歩道となる。

作品に登場するチェコスロバキア公使館の別荘は、作中にある「水車の道のほとり」ではなく、のちに堀が買うことになる、一四一二番の別荘の向い側にあった。公使館の別荘からピアノが聞こえてきて、バッハのト短調、遁走曲だと主人公は気付く。「一つの旋律《メロディ》が繰り返されているうちに曲が少しずつ展開して行く」(「美しい村」)。

これは、堀辰雄が『美しい村』で音楽的な作品を意図した表現方法であった。同じ場面を繰り返し描く、そのバリエーションが、一つの作品に展開してゆく手法である。

旧軽井沢ささやきの小径

第三章「夏」と第四章「暗い道」の中で、繰り返し登場する「水車の道」は、旧道の北側を並行して通っている。「つるや旅館」の少し上を左に曲ってゆくと、この道に入る。「つるや」の裏側を小川が流れ、そこに水車が回っていた。

水車の道の途中にある「聖パウロカトリック教会」の前あたりから、旧道へ通じる教会通り付近の一帯が、かつて「軽井沢ホテル」のあった所だ。旧本陣の跡地に純洋風のホテルが造られ、明治三十三年（一九〇〇年）に開業し、軽井沢社交界の人々が集う場所になっていた。

芥川龍之介はこのホテルを好み、大正十三年（一九二四年）の「軽井沢日記」に、犀星や堀とともに、夕食や喫茶のひとときを過したことを書きとめている。堀もこのホテルに滞在し、原稿を執筆していた時期があったのである。

堀 辰雄『風立ちぬ』(1)──軽井沢

旧軽井沢──水車の道から幸福の谷へ

軽井沢にゆかりの深い文学者はきわめて多い。近現代日本文芸史における錚々たるメンバーが名を連ねている。それは軽井沢の文化的伝統を形成していると言っていい。特に堀辰雄は軽井沢を代表する作家と言われて久しい。旧軽井沢のヨーロッパ的な風景に魅了された堀は、彼の作品の舞台として旧軽井沢の風景を鮮烈に描き出している。堀文学の代表作『風立ちぬ・美しい村』（新潮文庫）は多くの読者によって読み継がれ、現在も版を重ねつつある。夏から秋の季節、堀辰雄の作品の舞台を訪れる人たちの姿もしばしば見かけられる。

この作品のタイトルはポール・ヴァレリイの詩、「海辺の墓地」にある、

「風立ちぬ、いざ生きめやも」

という詩句から想起された。婚約者が病死した後、堀はこの悲劇的な体験を『風立ちぬ』を書き上げることによって、作家として生き続けることを決意するかに見える。強靭な作家精神である。『風立ちぬ』は生と死をテーマとした思想を語る心理小説であり、プルースト、リルケ他に影響を受けた一篇のロマンとして創作されている。

『風立ちぬ』のヒロイン節子のモデルは矢野綾子。すでに『美しい村』の第三章で、絵具箱を下げて水車の道の方へ上ってゆく、背の高い少女として登場する。

矢野綾子は広島女学校（現広島女学院）を卒業して上京。女子美術学校（現女子美術大学）へ進学。背が高く痩せていて、色が白く髪は自然なウェーブであった。女学校時代、図画は抜群の成績で優秀だった。昭和八年夏、旧軽井沢の「つるや旅館」に滞在していた堀と出逢い、翌年九月婚約。結核の病状が悪化し、同十年七月、堀に付き添われて八ヶ岳山麓の富士見高原療養所に入院。同年十二月六日死去。享年二四歳三ヵ月であった。

『風立ちぬ』の舞台

『風立ちぬ』の「序曲」で描かれた水車の道は、当時樹木が少なく草原が広がり地平線の方まで眺められた。執筆から八十年の時が経過し、現在の水車の道は高く伸びた樹々の森に囲まれている。この道に建つ聖パウロカトリック教会はアントニン・レイモンドの建築設計、木造の瀟洒な教会の尖塔には白い十字架が見え、アメリカ建築学会賞を受賞している。この教会を訪れる観光客は非常に多い。

旧軽井沢の矢ヶ崎川周辺は、堀辰雄が好んだ散歩道だった。清流の音が聞える川沿い

聖パウロカトリック教会

の道から左に曲がってゆくと幸福の谷（桜の沢）の、石畳の坂道に入る。かつて外国人宣教師たちが山荘を造り、ハッピーヴァレイと名付けた。坂道を上って左側に旧川端別荘一三〇七があった。昭和十二年、川端康成は小説『雪国』が文芸懇話会賞を受賞し、その賞金でイギリス人宣教師から旧ヒエデルマス山荘を購入し、同年十一月二十六日、堀はこの山荘で『風立ちぬ』の最終章を執筆し、十二月二十日過ぎに書き上げる。堀の弟子であり、のちに「四季派」の詩人となる野村英夫と二人で秋から冬を過ごした。軽井沢の冬は氷点下一〇度以下という、厳寒の地となる。白銀の世界の、雪の風景は美しい。

旧スミス山荘 1412番

秋の幸福の谷は、別荘に滞在した人たちは去りゆき、樅や落葉松、楓、白樺といった樹々の中に建つ別荘の風景は静寂に包まれている。堀辰雄は昭和十一年十月から『風立ちぬ』の第一章から四章までを雑誌数誌に発表。「序曲」「春」「風立ちぬ」「冬」に第五章「死のかげの谷」を書き加えて完成させ、作品『風立ちぬ』は昭和十三年四月、野田書房より刊行された。

最終章「死のかげの谷」の舞台は幸福の谷であったが、綾子への鎮魂曲《レクイエム》であり、「われ死のかげの谷を歩むとも禍害《わざわい》をおそれじ、なんじ我とともに在《いま》せばなり……」といった詩篇の言葉が、この章のタイトルになっている。

堀辰雄が「死のかげの谷」を執筆した旧川端山荘は現存していないが、川端康成が昭和十五年に買った旧ケナード山荘一三〇五番は、旧山荘の一段下った所に現在も元の姿で残されている。幸福の谷の坂道を下って矢ヶ崎川沿いの道をゆくと、以前サナトリウムのあった前の道がサナトリウムレーン（ささやきの小径）だ。樹々に陽光が射し、木もれ日が木の葉の影を映し出す。

堀辰雄はサナトリウムの奥（釜の沢）にあった旧スミス山荘一四一二番を、昭和十六年に購入。この山荘は現在「軽井沢高原文庫」の庭に移築保存、一般公開されている。旧軽井沢の秋は日々深まり、澄み切った蒼色の空の下、コスモスやナデシコ、りんどう、山あざみが咲く。晩秋には落葉松の黄金色の枯葉が、吹き過ぎる風の音とともに散ってゆく、秋の終わりの、さやけさである。

堀 辰雄『風立ちぬ』(2)——軽井沢

『美しい村』を上梓した堀辰雄は昭和九年四月、信濃追分の「油屋旅館」で仕事をはじめた。前年、軽井沢で知り合った矢野綾子とは九月に婚約する。綾子は『美しい村』の第二章で登場してきた女性だ。そして翌十年十二月に、綾子は八ヶ岳山麓富士見高原のサナトリウムで病死。十一年の九月から堀は再び「油屋」に滞留し、『風立ちぬ』の執筆が開始される。この作品のタイトルは、ポール・ヴァレリイの詩「海辺の墓地」にある、

風立ちぬ、いざ生きめやも

という詩句から想起された。

矢野綾子との出会いから死までの経緯は、『美しい村』第二章以降、『風立ちぬ』の第五章「死のかげの谷」に至る作品の中で描かれている。

昭和十二年十一月十八日、『風立ちぬ』の最終章を残したまま、堀は『かげろふの日記』を脱稿。軽井沢の郵便局から原稿を郵送したのち、川端康成の山荘に一泊した。その留守中に、定宿としていた「油屋旅館」が隣家からの失火で全焼する。この時、立原道造、野村英夫も被災している。

「つるや旅館」に避難した堀辰雄は、十一月二十六日に川端夫妻が山荘を引きあげたあと、旧川端山荘（一三〇七番）に移って、『風立ちぬ』の最終章を書きあげる。この章の舞台は、川端山荘のある幸福の谷《ハッピーヴァレイ》だ。第五章のタイトルはその「幸福の谷」にする予定であった。しかし旧約聖書の詩篇から採って「死のかげの谷」と名付ける。

冬、雪におおわれた幸福の谷は「人けの絶えた淋しい谷」となる。病死した婚約者の

幸福の谷（ハッピーヴァレイ）

川端康成の山荘

追憶を語る章として、「死のかげの谷」はふさわしい題名であった。そして亡き女性は作品の中で、永遠に生かされてゆくのである。

最終章の中で、水車の道にある小さな教会が書かれている。この聖パウロカトリック教会は昭和十年、ワード神父によって建てられた。建築設計はアントニン・レイモンドである。木造板葺きの瀟洒な建物の屋根には、まっ白の十字架がみえる。教会の外壁に掲げられた小さな聖パウロ像は、レイモンド夫人の制作だと言う。堀辰雄の「木の十字架」にも描かれた教会だ。

昭和十二年十二月、堀は野村英夫と旧川端山荘に住み、「谷が一面に見える屋根部屋で」最終章の執筆を続けた。クリスマスになり、雪に埋れた村の教会から、ミサの鐘の音が聞えた。すべての物が凍りつくような厳寒の軽井沢で、亡き人（作品の中では節子）への鎮魂曲《レクイエム》として「死のかげの谷」は一気に書きあげられたのであった。

堀辰雄と立原道造——信濃追分の思い出

昭和九年（一九三四年）から、堀辰雄は「油屋旅館」で文芸評論、エッセイなどの執筆を続けていた。この年、東大工学部に入った立原道造は、初めて追分を訪れる。

立原は第一高等学校の学生であった昭和七年、向島に住む堀のもとを訪ね、同窓の先輩、また文学上の師として堀と親交が始まっていた。

立原は追分に来た年の八月、堀辰雄に伴なわれて大塚山下の室生犀星別荘を訪問。それ以降、犀星からも慈しみに満ちた扱いを受けるようになる。

立原と堀、芥川の三人は、共に府立三中から一高、東大という同じコースをたどった。三人とも東京の下町で育ち、年少の立原は府立三中で芥川以来の秀才と言われていた。

昭和九年、第二次「四季」が創刊され、立原はこの雑誌に参加し、翌十年から詩作品を相次いで発表する。立原独自の一四行詩、四連のソネット形式は、この頃にほぼ確立したと言える。立原の詩の多くは、信濃追分を舞台にしているのである。

「軽井沢高原文庫」の前庭にある、立原道造の詩碑に刻まれた「のちのおもひに」は、昭和十一年に追分で作られている。

「夢はいつもかへつて行った　山の麓のさびしい村に」

「山」は浅間山を、「さびしい村」は追分村を詩ったものであろう。同年に作られた「ゆふすげびと」も、追分の道の辺《べ》に咲く、ゆうすげの花がマテリアルになっている。

夕暮れの薄明りに咲く、淡く黄色いゆうすげの花を立原は好んでいた。

昭和十一年、堀は『風立ちぬ』の執筆を開始し、「四季」の同人となった立原は七月に追分へ行き、「油屋旅館」で野村英夫を知るようになった。のちに野村英夫は「四季」に参加し、立原、津村信夫とともに「信濃派詩人」と言われた。

昭和十三年、堀辰雄は多恵子夫人と結婚。毎年の夏を、軽井沢の別荘で過ごすことになる。この頃から立原の病状は、かなり進んでいたのであろう。休職して、再建されていた「油屋」に滞留したのであった。

近くの別荘には加藤周一が住み、千ヶ滝には中村真一郎、軽井沢には堀夫妻や室生犀星がいた。油屋には野村英夫、画家の深沢紅子《こうこ》も来ていた。しかし、師や友人に囲まれて、清適の日々を過ごした立原にとって、これが最後の夏となった。

十三年の十二月、立原は病状を悪化させ、療養所に入る。そして翌昭和十四年三月、二十四歳八ヵ月の短い生涯を閉じるのである。

追分宿の旧中山道を、分去《わかさ》れの方へ歩いて行くと、左側に新しい追分公民館がある。玄関前の左手の壁に、立原道造の詩「村はづれの歌」がレリーフになって刻まれている。

立原は、特に追分の風景を愛していた。真北に見える秀麗な浅間山、山麓の落葉松や白樺の林、北国街道と中山道の「分去れ」、そして四季を彩る野の花などを、その優雅なリリシズムで詩ったのであった。

堀辰雄――「菜穂子」「ふるさとびと」の舞台

堀辰雄が昭和十六年に発表した「菜穂子」の登場人物、都築明《つづきあきら》は、その大部分、立原道造がモデルであろう。そして作中の「信州のO村」は追分村であり、「高原の避暑地」は軽井沢、「Mホテル」は万平ホテルだ。

「停車場からの坂道（略）尽きない森、その森もやっと半分過ぎたことを知らせるある岐れ道」（「菜穂子」）

作中にそう書かれた道を、幾たびかたどってみる。ひっそりした信濃追分の駅を出て、なだらかな坂道を歩いてゆくと、追分文化村のある所で道は二つに分かれる。楡や落葉松の林の中に別荘が建ち、明少年が夏の日を過ごした「森の家」の舞台は、この追分の別荘が作品中で設定されているのであろう。

濃い霧が流れる森の風景は幻想的だ。また粉雪の降りしきる日は、清冽で冴えた空気に、全てがおおいつくされる。

左斜めに続く森の中の道を歩いて、国道一八号を横切り、旧中山道の追分宿に入る。この旧道は堀辰雄や立原道造、そして、多くの作家たちが通った道でもある。

西へ歩いてゆくと、右手に旧「油屋」が見える。堀が昭和十八年、「新潮」に発表した「ふるさとびと」は、脇本陣であった「油屋旅館」が舞台になっている。作中で「牡丹屋」という屋号で書かれている旅館である。焼失前の「油屋」は、追分旧道の南側にあったが、昭和十三年七月の再建で、現在の北側に移った。堀が「ふるさとびと」の構想を練った「つげの間」は残されている。

追分旧道をさらに西へ向かうと、「ふるさとびと」の文中にもみえる「分去《わかさ》れ」がある。その分岐点には石の常夜灯があり、後ろに優しい面《おも》ざしの馬頭観音の石像が立っている。

追分旧道の北側に、曹洞宗泉洞寺があり、堀辰雄や立原道造もよくこの寺まで散歩していた。堀は小品「樹下」で、この境内の一隅にある小さな石仏について、「何かしおらしい姿」と書き記す。泉洞寺の山門横の小道を左へたどって行くと、墓地のすぐ右手に素朴な石仏が座っている。左手を頬にあて、思惟の姿をした如意輪観音だ。目鼻のあたりは磨滅しているけれど、古拙な可愛らしさを感じさせる仏である。

前日までの雪が泉洞寺の屋根に残り、晴れた空の広遠につづく青さ。澄みきった碧瑠璃の空は信濃追分の、そして軽井沢の色であり風景なのである。

信濃追分は、今もしっとりと落ち着いた雰囲気があり、学者や作家の別荘の多い所でもある。追分原には初夏からスミレやリンドウの愛らしい花が咲き、秋には枯葉の季節の訪れを告げるかのようにコスモスの花が群がって咲く。

宮本 輝『避暑地の猫』——軽井沢

落葉松の並木道

旧軽井沢のロータリーから三笠通りの方へ歩いて行くと、一直線に落葉松の並木道が続く。初夏の新緑の季節には、ブルーサファイアのような青い空の下、樹々の緑が鮮やかさを増してゆく。この辺り一帯の別荘地は、明治の頃から政財界人の広大な敷地を持つ別荘の多い所であった。

並木道の左手には精進場川が流れ、川のほとりに山紫陽花や山ユリの花々が、可憐にひっそりと咲く。初夏の陽光の中、深緑に彩られた森の道は、木洩れ日が爽やかな風にゆれ、散策する人達の心をなごませる、風景の美しさがここにはある。

緑の濃さを深める夏の盛りを過ぎると、落葉松の並木道は、秋の黄金色に染められ、静かな華やぎを見せはじめる。

『避暑地の猫』の舞台

宮本輝の『避暑地の猫』は、昭和五十八年十月から翌五十九年十一月まで「IN・POCKET」に連載され、昭和六十年単行本が出版された。この作品は三笠の別荘地が主な舞台となっている。広大な敷地と豪壮な邸宅を所有する布施家の人々と、片隅の小屋で暮らす別荘番の家族を中心にドラマは展開する。

別荘番夫婦の息子である久保修平が、この作品の主人公であり、物語の語り手なのだ。

「布施家の別荘の敷地は三千四百坪あった。父があちこちから丸い石を集めてきて、まるで積木遊びを楽しむようにして造りあげた高い門柱と、真鍮製の特別誂えの門扉には、苔と蔦が絡み合い、隣接する名だたる財界人や政界人の別荘と較べてもひけをとらないばかりか、その門の風情は、ずっと奥の、白樺の樹林越しに見える屋敷に、一種神秘的なたたずまいを与えるほどだった」（『避暑地の猫』）

旧軽井沢三笠通り

三笠の森

樹々に囲まれ、かつてドイツ人が建てたという洋館は、森の中で神秘的な雰囲気を見せる。この布施家の邸は、旧三笠ホテルの手前の道を少し入った所に想定されている。

旧三笠ホテルは、実業家山本直良によって明治

旧三笠ホテル

三十八年に建てられた、純正様式木造ホテルであった。チョコレート色の壁に、オフホワイトの太い窓枠の洋館であり、当時は皇族、華族、政財界人や文化人など上流階級の人々の社交場となり、有島武郎をはじめとして白樺派のサロンにもなっていた。山本直良の妻愛子は有島武郎の妹であり、旧三笠ホテルのカーテンボックスは武郎の弟で画家の有島生馬のデザインでもある。

昭和五十五年、旧三笠ホテルは国の重要文化財に指定され、一般公開とともに旧軽井沢の観光スポットの一つになっている。今も当時の華やかな雰囲気をしのばせ、ここで開かれた舞踏会のさざめきが、どこかに残っているような洋館のたたずまいだ。

こうした高級別荘地を『避暑地の猫』の舞台として想定した処に、作家宮本輝の巧みな舞台設定があり、作品のストーリー展開と、物語の神秘的な雰囲気を創り出す重要なエレメントにもなっている。

資産家としての布施家と貧しい別荘番の家族という、対極の経済状態にある、二つの家族に起こるさまざまな出来事は、心理的サスペンスを秘めながら、一気に読者を物語の世界に引き込んでゆく。

「ぼくは、その布施家の敷地の隅にある小さな木造の家で生まれた。ぼくの両親は布施家の別荘番として雇われ、昭和二十六年の春に佐久市からその家に移ったのだった」

毎年七月十五日になると、布施夫妻は二人の娘、そしてコックと女中をつれ、軽井沢駅から二台の車に分乗して別荘に到着する。

「四人を出迎えて、卑屈なまでに何度もお辞儀をしている父と、可哀そうなくらいおどおどと作り笑いを振りまいている母とを」見つめて修平は育つ。しかし、何かにつけて嫌味を言い叱責する冷酷な布施夫人よりも、修平の母の方が美しい女性であった。その美貌が悲劇の発端となる。

十代の少年修平を取り巻く大人たちの様々な欲望やエゴイズムが、彼を〈底なしの虚無〉と絶望の淵に投げ込んでゆく。修平の罪は償いようもない重いものではあるけれども、その罪の重さを生涯背負い続けるのは修平自身なのだ。

十七歳の、修平の心の闇を思えば、むしろ痛ましい、悲劇的な物語と言えるのであろう。

幻想的な霧の風景

軽井沢では白い霧が、街や別荘地、そして森全体を覆い尽くす日がある。『避暑地の猫』は、この幻想的な霧の描写が、この物語を展開させる神秘的なモチーフになっている。

そしてさらに、作品の中では私たちがしばしば訪れる軽井沢の様々な場所が描かれる。三笠通りから旧道へ通じる道、テニスコートや諏訪神社、矢ヶ崎川を渡って万平ホテルのあたり、聖パウロカトリック教会、鹿島の森や雲場の池、森閑とした霧の深い森など。それぞれのシーンが、物語の中で効果的に描かれているのである。

宮本輝は優れたストーリーテラーとしての評価が高く、この作品においても、伏線を考えた作品構成と、各登場人物の見事な人物造形がなされている。そして複雑にからま

雲場の池

る人間関係が、ストーリーの進展とともに、ミステリアスな心理サスペンスのロマンを描き出すのである。

妖《あで》かな抒情性の世界

宮本輝は昭和二十二年、兵庫県神戸市で父宮本熊市、母雪恵の長男として生まれた。父は自動車部品を扱う事業を経営し、一人子の息子を溺愛していた。

昭和二十八年大阪市立曽根崎小学校に入学。少年時代を過ごした大阪の下町、堂島川と土佐堀川が合流した安治川と名を変える地点が、のちに太宰治賞を受賞する「泥の河」の舞台となる。

大阪における父の事業は思わしくなく、

再起を図って富山へ転居。しかし父の商売の失敗によって、「何もかも失って、再び大阪へ帰って」ゆく。富山での日々は、作者の心に強い印象を残したのであろう。「雪深い街のかたすみを、縫うように流れているいたち川のほとりに住居を定めて丸一年間を暮した」という、富山を舞台とした作品が芥川賞受賞の「蛍川」である。これらの受賞作は、妖《あでや》かな抒情性と鮮烈な感性によって人生の哀愁を描く、優れた作品であった。

宮本輝は私立関西大倉中学校の二年生の年、井上靖の『あすなろ物語』を読んで感動し、それ以降、読書に熱中するようになった。この読書体験は、後の作家宮本輝にとって、良き書物との出会いであったと思われる。井上文学の文章の確かさ、その日本語の美しさは近現代の作家の中でも群を抜いている。

大倉高校を卒業後、ロシア文学とフランス文学を耽読し、追手門学院大学に入学。三年生の四月、晩年は不遇であった父が多額の借財を遺して病死する。

その借財に追われ、母は懸命に働き、宮本自身もバーテン、道路工事、ホテルのボーイなどアルバイトをして大学を卒業する。昭和四十五年、広告会社に入社。企画制作部でコピーライターの仕事に就いた二年後、不安神経症の発作に苦しむこととなり、入社五年後の昭和五十年、退社して作家を志したのであった。

昭和五十二年、「泥の河」で太宰治賞を受け、翌五十三年、「螢川」によって第七十八回芥川賞を受賞する。少年時代から青春の日々、そして受賞前後の様々な人生の軌跡については、作者の第一エッセイ集『二十歳《はたち》の火影《ほかげ》』他、『命の器』で、克明に描かれている。

宮本輝は秀逸な作家であると同時に、エッセイの優れた書き手でもあるのだが、何よりも読者に深い感銘を与えるのは、作者の正直にして真摯であり、純粋な人柄が伝わって来るからであろう。

情感のある文章は、時としてユーモアを含み、軽妙な味わいを感じさせる魅力を持っている。

受賞の翌五十四年、肺結核と診断され、約四ヵ月月の入院生活を送った後、昭和五十五年からは軽井沢の別荘を借りて夏を過ごすようになった。そして昭和六十三年、夏の仕事場として軽井沢に別荘を建てる。

「高原の森のなかでの生活が、私の体にとてもよく合ったのだと思う。私は軽井沢へ行くと、いつも生き返るような気持ちになれるのだった。（中略）夕刻になると霧がたちこめ、小雨が夜半までつづく。夜に仕事をする私には、深い静寂と小雨の音との均衡は、かすかな胸騒ぎに似たものを生じさせて、私に集中力をもたらしてくれた」（エッセイ「軽井沢の仕事場」）

病気回復後の宮本輝は「闘病記」というエッセイの中で次のように書く。

「どれほど悔いのない充実した人生であっても、やはりどこか一点で虚しさが残るものだろうと思った。（中略）そのことは逆に私を強烈に鼓舞してくれるのだった。自分は絶対に健康になって、一生懸命仕事をしなければいけないと、ムキになって思いつづけた」と書き記したように、意欲的に長編小説の執筆を続けてゆく。

そして、その精華としての作品群によって、着実な作家活動を見事に展開させてゆくのである。

宮本 輝『ここに地終わり 海始まる』――北軽井沢

軽井沢には歴史や文芸作品にゆかりのある道や、未舗装の小径がそこここに残されている。かつての外国人宣教師たちによって名付けられた、素敵な径や場所のニックネームは、文学作品の中にもさりげなく登場してくる。ロストボールレーンだとか、ハッピーヴァレイ（幸福の谷）とか、サナトリウムレーン（ささやきの小径）などだ。

そうした愛称に、軽井沢観光協会が発表した「歴史の道呼称」が加えられ、軽井沢を訪れる人たちの間で受け継がれてゆくことを願っていたいと思う。

高原の街軽井沢には、森の中の別荘地に続く並木道や、野の花がひっそりと咲く小径があって、季節の移りゆきが鮮やかな風景を見せてくれる。

国道一八号線から濃い緑の樹々が続く塩沢通りに入ると、右側は前沢、左側には南原、南が丘の、森にかこまれた別荘地がある。この通りを南下すれば、楡やニセアカシアの木立の向こうに、「軽井沢高原文庫」の白い建物が見えてくる。

軽井沢、追分にゆかりのある文学者の資料を収集、保存し、展示を行っている貴重な文庫である。館内の静かな雰囲気も、作家の作品にめぐり逢える、ほのかな懐かしさも感じられて好ましい。

「高原文庫」を訪れる機会に、塩沢通りの左右にひろがる前沢や南が丘の径を歩くと、風景は数枚の彩られたカンバスのような魅力にみちている。

冬の間は雪に覆われ、一切の猥雑なもののない白銀の世界が、全てを清浄に包み込ん

軽井沢高原文庫

でゆくかのように思われるのだ。

軽井沢に春の訪れは遅いのだが、五月に入ると、一気に花の咲く華やかな季節になる。森はライトグリーンの彩りにみち、瀟洒な別荘の建つ小径に、ピンクの桜草や白い二輪草が、あえかに優しく咲き、そうした野の花のかたわらに、私はしばらく佇んでいたりするひと時もある。

短編「眉墨」の舞台

宮本輝は昭和五十二年太宰治賞を受け、同五十三年一月芥川賞を受賞する。こうした作家的出発とともに「道頓堀川」「幻の光」などの執筆を続けた五十四年、結核と診断され入院生活を送ることになる。しかし病状は急速に好転して退院。自宅療養をしながら作家活動を続行させていた昭和五十五年、知人から軽井沢の別荘を紹介されたのであった。

夏には体の弱る母にも「涼しい夏をすごさせたいと決め」て、「軽井沢と中軽井沢の中間あたりにある」別荘地の、貸別荘を借りることにした。はじめて夏を過ごした森のなかでの生活を、宮本輝は作品「眉墨」で次のように書いている。

「塩沢通りという道に入り、車が一台やっと通れるくらいの小径を折れた。霧深い樹林の中で、まだ持ち主のやって来ていない別荘が黯《くろ》く滲《にじ》むように点在していた。樹や草の匂いの混じった冷気が心地よく、(略)あしたからの軽井沢での生活が、ひどく楽しいものになるような気がした」

こうして母や叔母とともに軽井沢での生活が始まるのだが、夜眠る前に、床の上に正座して念入りに眉墨を塗るのが、ここ一、二年の母の習慣になっている。その眉墨を忘れてきたという母を車に乗せ、作者宮本輝は、その眉墨を買うために、軽井沢の夜の町に出掛けて行く。

滞在して五日目、胃が痛むという母を軽井沢病院につれて行くのだが、次の日、母の検査の結果は胃癌であった。そして夜、打ち上げられる花火を見る。

母は「痩せた首をもたげたまま塑像《そぞう》のように身動きひとつせず花火に見入っていた。（略）私は母の小さなうしろ姿を見つめた。生きるもよし、死ぬもまたよし、という母の言葉が胸の中いっぱいに拡がってきた。（略）母は心からそう思ったのに違いないと感じた。涙が出て来て、花火が滲んで見えた」（「眉墨」）

父が事業に失敗し、他の女性のもとへ去って行った頃、母は自殺しようとした事がある。父の死後、残された借財を返済するため、母は懸命に働き続けて来たのであった。短編小説「眉墨」は、こうした母の過ぎ去った日々と、今の姿を描きながら、作者の母に対する愛と、深い想いがこめられている。

長編作家として宮本輝は常に高い評価を得ているが、短編「眉墨」は極めて傑れた作品であり、その作家的力量のすごさを改めて痛感させられる秀作である。

『ここに地終わり　海始まる』の舞台

長編小説『ここに地終わり　海始まる』のヒロイン天野志穂子は左記のように思って

いた。

一生療養所を出る日は来ないのかもしれない、彼女自身そうした諦めに捉われる日もあったのだった。しかし「六歳から二二歳の夏まで、どんな新薬を使っても好転しなかった」病巣の影が消えはじめたのは、届けられた一枚の絵葉書が契機となる。

その絵葉書には、ヨーロッパ最西端にある、ポルトガルのロカ岬の写真が印刷されていた。岬には石碑が建っていて、日本語に訳すと、〈ここに地終わり 海始まる〉という碑文が刻まれている。差出人は梶井克哉とあり、リスボンから出されたものであった。

志穂子が入院していた「北軽井沢の病院の、ねむの木が二本並んでいる中庭で、〈サモワール〉という名の男二人女二人で構成されたコーラスグループが、入院患者たちの前で歌っ」た。梶井克哉はそのメンバーであり、作詞作曲もしていた。その梶井から何故志穂子あてに絵葉書が送られて来たのか？

この一枚の絵葉書をめぐって、六人の男女の出会いと別れがあり、物語はドラマティックに展開してゆく。それにしてもロカ岬からの絵葉書は、志穂子に強い生命力を与えるという、奇跡をもたらすのである。

再生の物語

この長編小説はより良く生きようとする再生の物語だと言われる。長い入院生活を終えて、ヒロイン志穂子は一人の社会人として教養を身につけるために勉強を始め、両親の負担にならないよう、人の役に立つ仕事に就きたいと考える。少しずつ健康を取りもどす志穂子にとって、それは恐らく可能になってゆく未来の姿なのであろう。

志穂子の最初の友人となるダテコ（伊達定子）は、アルバイトしながら美容学校を出て、念願の美容師としての修業をスタートさせる。口は悪いが親切で、心配りの出来るチャーミングな娘なのだ。彼女もまた新たな未来に向って歩き出す。

そして梶井克哉の友人尾辻玄市は、ラグビーの名選手だったが「右膝の怪我で選手生活を断念」したという挫折を体験している。しかし友人の父が経営するコーヒー豆を輸入販売する会社に入社して、社内での人望が厚い。まだどこか不安定さの残る梶井に比して、尾辻は堅実に自らの人生を構築してゆくのであろう。

宮本輝の作品では、物語の脇役に見事な人物造形がなされていて、そのような脇役の登場人物に、私はしばしば心惹かれる。

志穂子の父、天野志郎も実に魅力的な父親像で描かれている。出世コースからは、はずれているが穏やかで春風のように暖かく、寛容の心があり、その判断は常に賢明だ。彼は定年後、白樺湖に住む知人と共同で小さな事業を始めようとしている。

各々が自らの人生の転機に未来への夢を持ち、その実現に努力しようと願う。それは彼等各々の再生の物語なのだ。

花のような心の美しさこそ

コーラスグループ（サモワール）は、すでに解散したのだが、梶井克哉の恋人であった樋口由加は、かつてコーラスのメンバーであり、華やかで際立った美貌で、人柄も良い。ただ芸能界という見せかけの派手やかな渦の中で、自分を律する事の出来ない性格的な弱さを持っていた。それが梶井と由加の別れの原因となる。

志穂子と同じ北軽井沢の病院に入院していた江崎万里は、ややきつい感じはするが彫りの深い美人で、梶井克哉は最初この女性の美貌に魅かれる。万里は松本の旅館の娘で、母が蓼科と軽井沢に数件のレストランを経営しているという、裕福な環境で育っている。

しかし江崎万里は美人ではあったが、傲慢で底意地の悪い性格であり、梶井克哉は幻滅して万里から去ってゆく。

この二人の女性に比べてヒロインの天野志穂子は、美人でもなく不美人でもない、外面は普通の女性なのだが、思慮深く、人の痛みの解る綺麗な心を持っている。人は往々にして表面的な美や、かっこ良さに魅せられるのだが、作者はこの作品の中で、野に咲く花のような心ばえの美しさこそ、人間としての高貴な価値を持つ事を提示しているように思われる。梶井克哉もまた紆余曲折の果てに、聡明な魂の清らかさこそ、真の輝きである事に気付くのである。そして、梶井と友人の尾辻は、志穂子に愛を寄せることとなる。

〈ここに地終わり 海始まる〉という詩の一節は、ここに過去の日々は去りゆき、新しい夢を実現させる未来の、訪れを告げる言葉であるのかもしれない。

善良な心を持ち、真摯に生きようとする人々に、幸せが訪れないはずはないという、宮本輝の作家としての理念は、私の好きな作品『花の降る午後』にも明示されている。

そして名作『ドナウの旅人』は、人と人との心の絆、その強靭な美しさを描いて絶品だが、このような作家的姿勢が、氏の文学を愛する多くの読者を惹き付けている所以なのであろう。

長編『ここに地終わり 海始まる』は、地方新聞十数社で連載されたのち、平成三年、講談社より単行本が刊行された。

第二章

風のファンタジー

「寒椿」

昨年の暮れから今年の一月にかけて、日本の古典文学に関する原稿の執筆に追われていた。書き下ろしの単行本だから、原稿枚数も三百枚を軽く超える量になる。

大みそかの除夜の鐘を、心静かに聴くといういとまもなく、またお正月らしい華やぎの時を過ごすこともなしに、机の前に一人座して新しい年を迎えた。もの書きというのは因果なもので、引き受けた仕事が脱稿するまでは、私的な時間というものはほとんど無いにひとしい。友人たちからの心やさしい誘いも、書きあげるまではと丁重に断って、人にも会わず物も見ずといった日々である。

数十冊の資料を読み、検討を加え、自分が書こうとする主題を固めてゆく。たとえ拙《つたな》いものであっても、心のうちにひそやかな熱情のような灯を燃やし続け、精神的なエネルギーを作品に投じることで、連日深更にいたる。自分の作物が一冊の本になった時の喜びは、子供の誕生を迎える母親の心境に近いものかもしれない。

創造には産みの苦しみがある。人知れぬ苦労も、ストイックな生活も、一冊の書物になり、それがわずかなりとも意味のある仕事になるのであれば、もの書きにとって幸せなことにちがいない。

一月上旬に取材のため、私は京都を訪れた。『源氏物語』と『紫式部集』、そして『紫式部日記』を書いた式部の邸跡は、寺町通を北に上った右側にある。「廬山寺《ろざんじ》」の全域といわれている。現在は寺になっているが、紫式部の曽祖父、堤中納言藤原兼輔がこの土地を購入し、堤第《つつみだい》と名付けた。この広い邸に式部の父為時や、叔父の為頼、為長と一緒に彼女も住み、宣孝と結婚して娘の賢子を産み、夫の死後、娘を育てながら、宮仕えに出たのであった。今でいうなら、紫式部は作家であると同時にキャリアウーマンである。彼女はその時の権門、藤原道長の娘で一条天皇の中宮であった彰子に仕えた。

紫式部の邸跡である「廬山寺」のあたりは、今もひっそりとした静けさがある。寺の庭には白砂が敷きつめられ、緑濃い木々と苔《こけ》の色のコントラストが端正な趣を感じさせる。

寺の門を出て、私は仙洞御所の塀にそって歩いた。左手には松の木々が続き、右手には清流のせせらぎが、かすかに聞こえる。常緑樹のあいだに、紅色の寒椿がただ一本、盛りの花を咲かせていた。緑一色のなかに咲く紅色のあでやかさ。それは王朝の姫君の、打衣《うちぎぬ》を思わせるかのような艶《えん》である。

仙洞御所のある場所は、道長の邸宅であった土御門殿の跡といわれている。『紫式部日記』の冒頭で、「秋のけはいのたつままに、土御門殿のありさま、いはむかたなくをかし」という名文で描きだされた邸である。秋の色に染まりゆく風情を、式部は沈着な筆遣いで書きとめている。そして私の心を満たすのは、京の冬の冷たさと静寂であった。

「白梅」

「文藝春秋」に執筆した原稿のなかで小説家澤野久雄氏の「花と雪」という作品に、いささか触れさせていただいたことがある。その時、多くの反響が寄せられたとかで、氏は編集部を通じて著書を私に贈ってくださった。そのような細やかな心くばりを示されたことに、私は感謝しつつお礼状をしたため、拙著とともにお送りしておいた。

後日、澤野氏から新しく上梓《じょうし》された『がんのあとさき』というエッセー集と、お手紙をいただいた。そして、二、三の用件で上京した時、お会いする機会が得られたのであった。当時、病身でいらっしゃったが、まだ健在であった。

数年以前に澤野氏は肺がんを患われ、左肺下葉を切除する手術を受けられた。ご自身の病名を知り、生と死のはざまで身辺の整理をしておくという、きびしい時期があったと思われる。一人の人間としての、壮絶な覚悟といえるものであろう。「二、三週間、死の準備ばかりしていた」と、「がんのあとさき」に書いておられる。

五月末に手術、その後コバルト照射を受け、二ヵ月して退院。早期発見であったことが幸いであり、精神力の強靭《きょうじん》さが、治癒に向かわせる生命力となったにちがいない。

ご自宅をお訪ねした日、穏やかな笑顔で作品のこと、親交のあった川端康成氏のことなどについて話してくださった。澤野氏は日本の伝統的美というものを描きうる、数少ない現代作家であった。十二の短編を一冊にした『京の影』という単行本は、京都に住み伝統工芸にたずさわる職人の姿を、つつましやかな影の部分として描いている。私のもっとも好きな作品「花と雪」はその中の一編で、雪というものを日本の伝統のなかに映じさせた名品といえよう。優艶であり、静謐《せいひつ》である。

二、三の原稿取材で京都を訪れた日、梅の花を見たいと思って、北野天満宮へ車を走らせた。厳しい寒気のなか、白梅と紅梅が盛りの花を咲かせている。粉雪が降り始めていた。やがて雪は視界をさえぎるばかりに降りしきる。そのなかに立ち、鋭角的な枝に咲く白梅のりりしさ、その清楚《せいそ》な花を私は見つめていた。木に咲く花が好きだと書いておられた澤野久雄氏の作家的資質は、白梅の清雅に通うのではないか。

ご自身は優しさと知性を感じさせるお人柄であった。その日、澤野氏から二冊の著書をいただいた。お宅を辞去する時、奥様は私にコートを着せかけてくださった。それは、温かな心の灯となって、一人で帰る夜道の冷たさを私に忘れさせていたのである。

作家澤野久雄氏は平成四年十二月十七日病死された。

「花 影」

子供のころ、私は人形というものに、あまり興味を持たなかった。ままごと遊びや、抱き人形で遊んだりするよりも、本を読んだり、クラシックのＣＤを聴くことの方が、よほど魅力のあるものに思えた。

今は人形も縫いぐるみも好きである。

雛《ひな》祭りの日が誕生日であるにもかかわらず、雛段飾りをしたという経験が、私にはなかった。母や叔母たちと暮らした祖父の家は、約千坪ばかりであったから、雛を飾る座敷がないわけではない。ただ、私の関心が別なところに向けられていたからにすぎない。祖母や母、そして叔母たちは、離れの茶室で、知人を招いて茶会をすることもあった。客座敷の床の間に活けられる花によって、私は季節のうつろいを感じた。そして誕生日に、母は、桃の花の一枝を花器にさし、新しい本とともに私の部屋に置いてくれた。花の好きな、そして読書三昧《ざんまい》の娘に対する、母の思いがこめられていたのであろう。

たいして人形に興味のなかった私が、数年前から、そうしたものを眺めるのが好きになった。そのきっかけは、叔母が京都で買い求めた雛人形を贈ってくれたことによる。手のひらに乗るほどの、小さな内裏雛は、変わらぬ愛情の証《あかし》であるかのごとく、ふっとほほ笑んでいるように見える。その人形を贈られて以来、私は年ごとの雛飾りをするようになった。

三月二日の「宵節句」には、お雛さまの前に、私は春の花の彩りを思わせる花車とか、花衣といった雛菓子を供える。節句というのは節供《せちく》とも書き、季節の変わり目である節《せち》の日に食物を供えることを意味している。その中で、桃の節句は女の子の幸せを祈る祭りである。可憐な桃の花を生けて、ぼんぼりに灯をともすと、雛人形の姿がほのかに浮き立ってくる。正岡子規は「雛の影桃の影壁に重なりぬ」という句を詠んでいる。以前はそれほど気に留めはしなかったけれど、改めて今読むと雛祭りのあでやかさがしのばれる思いがする。

奈良県の五条市では、四月の第一日曜日に雛流しの行事がある。大豆の頭に千代紙を折って作った一対の紙雛を、竹皮の舟に乗せて吉野川に流す。古代からあったみそぎの風習を残して、身を清める願いを雛人形に託すのである。子どもたちは母親の手で折った素朴な紙雛を川に流し、清く健やかに育ちますようにと祈る。母の娘に寄せる思いが人の心を温かく包むのであろう。

私の部屋に、最近いくつかの人形が同居するようになった。自分で買ったものは一つもない。友人や教え子たちが、私に贈ってくれた心づくしの華やぎである。大学に合格したある生徒のお母さんは、すべて和紙で日本人形を作ってくださった。千代紙の衣装の花模様、その優美な姿が私をなごませている。

桃の節句が過ぎて、箱に雛人形をしまった後、坂道を歩いていると沈丁花の香りがしていた。風とともに花の香りの流れる季節が、訪れているのである。

「新樹」

ちょっと須磨寺あたりまでと、誘い合って友人と出掛けることにした。彼女は俳句ひとすじに精進を重ねてきて、現在は俳句教室の講師をしている。どこか気の合うところがあって、二人で作品の題材を求めての旅をする場合でも、疲れることがない。私は文芸評論を執筆し、彼女の句作とジャンルは異なっていても、興味を持つ方向は同じというフィーリングの一致が、長年の友情を持続させているのかもしれない。お互いに心許して話し合える女友達だから、近況を語り合っているうちに、乗るはずの電車が、目の前で発車してしまったというような出来事もある。そうした思い出もまた良きかな、と私は思ったりしている。

須磨寺は、句碑や歌碑の多いところだから、彼女の取材になるだろうし、私は新緑のなかを歩きたいと思っていた。今年はなぜか、さわやかな若葉の美しさにあこがれている。浅緑の木々の間に身をおくことで、日ごろの緊張感から自分を解き放したいと願ってもいた。

竜華橋を渡ると仁王門があり、ここから唐門まで、若楓と葉桜が枝を交錯させて、緑の並木道になる。目に鮮やかな若葉を刺し貫いて、かすかにゆれる木もれ日のなかを、私たちはふっと沈黙して歩いていた。心の奥深いところまで、この新緑に染められるかと思うほど、鮮烈な色が私に迫ってくる。冬枯れを耐えてよみがえる木々の生命力は、若葉の鮮明な色として現れるのであろう。清楚で猥雑《わいざつ》さのない美しさだ。楓と葉桜の濃淡をみせる梢に初夏の光がさし、私はつたない自らをかえりみる思いで、この色のはげしさに心ひかれる。

並木の間をぬけて石段をのぼり、本堂に上がって、しばし手を合わせた。女友達は何を祈念したであろうか。私はかなわぬ時の願いで、今年中に仕上げる原稿への加護を祈ってみたりする。本堂の横に弘法大師を祭る大師堂がある。以前、このお堂は古色を帯びて、ひっそりと建っていて、放哉の句碑によく調和していた。今は派手やかに明るくなりすぎているように思う。

大正十三年の六月から翌年の三月まで、尾崎放哉はこの大師堂で堂守をしながら句作を続けた。自由律の俳人として進境めざましく、作句量のもっとも多い時期でもある。須磨寺は高台にあるから、当時は松林の間から、おそらく放哉の好きな海が見えたことだろう。

「なぎさふりかへる我が足跡もなく」というのは、好きな句だが、過ぎ去って返らぬ人生の時を象徴するかのような、それでいて孤独をみつめた表現であるように思われる。職を捨て、家庭を捨て、無一物になって句作に徹した放哉を支えたのは、最良の理解者でもある荻原井泉水の友情であった。

だれしも心の支えなしには一人一人の志を果たし得ぬのかもしれない。友と私は、そのようなことを話しながら新樹《しんじゅ》の木下道を歩いていた。

「花がたみ」

朝早く目覚めて洋間のカーテンを開くと、樹々の葉が風にさやめいている。草に降りた露は陽光の中で、小さなきらめきを見せる。

青葉におく朝露を眺めるわずかなひと時は、仕事のスケジュールに追われがちな私に、ささやかな安らぎを感じさせてくれるひと時である。高価な宝石をほしいなどとは、さらさら思わないから、ダイヤの輝きよりもなお、朝露の光りの優しさに惹《ひ》かれるのかもしれない。

　こずえを吹きすぎる風も、日々濃さをます緑の葉の色も、朝ごとにおく露の光りにさえ、さわやかな初夏の趣がある。風は心をつつみ、木立の緑は安らぎを与え、光りは美しさへのあこがれをうながす心もようである。「自然はやさしい案内者である」というモンテーニュの言葉を、私はふと思い出したりしながら、繁忙に暮れる日常ではあるが、自然と向きあうことで、静かな内省の時が与えられるかのようにさえ思う。梅雨の晴れ間には山麓に清風が流れ、私の心もまた夏木立の間を流れてゆく。

　六月に咲く花は意外に多彩なのだ。垣根から街路へあふれるように咲き乱れるつるバラの濃いローズ色。少女のスカートのひだが風にゆれているようなピンクのペチュニアの植木鉢などが、窓辺に並べられるのも、この季節の彩りであろう。白いクチナシの花は香り高く咲き、緑の葉と鮮やかなコントラストを見せる。かれんな紫色のロベリアは、花かごに入れて白いテーブルクロスの上に置くのもいい。

　住んでいる六甲の山の手では、そうした花々の外に、アジサイがたくさん咲いている。この花はひと雨ごとに白っぽい色から淡いブルーに、そして濃い青色へと変わってゆく。

坂道の街が雨にぬれ、銀色の雨脚に覆われる季節、ひときわ鮮やかにその青さを増す。雨期のしめやかさのなか、時として思う心愁いを慰めでもするかのように、色の深さを加えつつ咲く花である。やはり、アジサイは雨の風景にふさわしいと思ったりしている。

毎年六月の父の日が近づくと、花を買い花器に生ける。父への贈り物を選ぶことの出来ぬ娘の、それはせめてもの心づくしとして。贈り物を受けるべき父は、すでに亡き人である。緑の葉の揺れる樹々を、折々に咲く花を、空わたる風の光りを、こよなくいとしむ人であった。私を連れて坂道の街を散歩しながら、自然が見せるあでやかさを幼い私に語りかけた。父の思いを、その時の私がどれほど理解し得たかは分からない。けれども、父の心の温かさにのみふれて、まだ十歳に満たぬ私はまじめくさった表情で、フムフムとうなずいていたように思う。父の死は私が七歳の夏であった。

父に寄せる思いをこめて六月に飾る花は、白いシャクヤクに決めている。端正であったと聞く面影に、優にしてしなやかな高貴さを持つ花こそふさわしかれと、願い続けているために――。

音楽の花束をあなたに

秋のかそけさから冬へ、季節はひめやかに移行してゆく。激しさにみちていた夏の光りに別れをつげ、秋空の青い高さと、サファイアブルーにきらめいて見えた海も、すこしずつ冬の風色にかわりはじめる。

初夏から夏にかけて、山麓の町はバラ色に暮れていた。宵の華麗なひと時をいとしみながら、一人、並木の下を歩く日々があった。もはや日没の時は早く、紺青の空がすばやく海を、そして街路をおおいつくす。

秋から冬にかけて、夕べのしじまに、テーブルに置いたランプの光りや、キャンドルのほのかな明りに、心あたためられる安らぎを感じるのも、この季節の彩りであろう。

夜の静けさのなかで、小さなアンティックスタンドでもいい、その光りをわが心のうちを照すものとして、内省と思惟の時をすごすことも、素敵なライフ・スタイルだと思う。

そのささやかな光りが、やがて魂の輝きになることを希《ねが》いながら、夜の静寂のなかで、時には、好ましい音楽を聴き、私は仕事をし、資料を読み、原稿を書いて深更になる。

かって、現代最高のヴァイオリニストと言われる、アイザック・スターンの演奏会に出かけた夜、タキシードに身をつつんだスターンは、ベートーヴェンのヴァイオリン・ソナタ第九番を弾いた。「クロイツェル・ソナタ」と呼ばれているこの曲は、ベートーヴェンのピアノとヴァイオリンのためのソナタ十曲のうち、もっともすぐれた名品といえるだろう。聴覚に異常をきたすという、音楽家にとって絶望的な状況のなかで、耳の病いが不治のものであることをさとったベートーヴェンは、一八〇二年、「ハイリゲンシュタットの遺書」を書く。その翌年一八〇三年に、この「クロイツェル・ソナタ」は作曲され初演された。作曲家としての、ベートーヴェンの名作時代は、ここから開始されることになる。

アイザック・スターンは卓抜した技量とこの作品に対する深い解釈で、力強く音楽的な輝きにみちた演奏を聴かせてくれた。聴衆のアンコールにこたえて、再びステージに姿をみせたスターンは、ちょっと微笑みをうかべて、ザ・シンフォニーホールの、舞台うしろの席で演奏会を聴いていた人々のためにといって、後姿だけしか見ることのできなかった人たちの方に向って、アンコール曲、クライスラーの「愛の悲しみ」を豊かな情感をこめて弾いた。それは感傷的な悲しみの旋律ではなく、冴えた音色のなかに、深いやさしさと慰めにみちびく、聴衆の心に忘れえぬ感動をあたえる演奏であった。まさに清麗な魂の旋律といっていい。

クライスラーの「愛の悲しみ」は、私の好きな作品なのだが、たとえばリストの「愛の夢」をハープ演奏で聴くのも、夜のしじまにはふさわしい。そしてドビュッシーの「月の光」もポピュラーな曲ではあるが、月光の神秘的な光りを、音楽的に表現しえた、きわめて幻想的な美しさを感じさせる。ドビュッシーの音楽から、私はいつも光りの織りなす色彩とか、月光にきらめく湖の水や波の映像を思う。夜の静けさに、あたたかな明りを、そして清安をもたらす音楽の花束が、人々の心に優しいなぐさめをもたらすものであるように——。

京の雅び——千代紙と京扇子

一月の京の町には、華やぎをかんじさせるさざめきがある。新しい年の幸せを祈っておとずれる初詣の人波が、洛中の社《やしろ》のあたりにひきもきらずに行きかう。

町中のにぎわいにくらべ、洛北の寺は、粉雪がちらちらと舞う静けさのなかに、ひっそりとした閑寂のたたずまいをみせる。例年、私は人影のすくない冬の寺をたずね、人波がさったあとの、上賀茂か下賀茂の社にゆき、出逢いえた知人や、心あたたかな思いで接した人々の幸せを、ひそかに祈ることにしている。

京の夕暮れは、うす紫にけぶるように暮れてゆく。冬の京の寒気は身にしみる冷たさだが、その清冽な冷たさこそ、いかにも京都らしい風情だと思う。

多忙な仕事をさばく日常であるために、日本の伝統的な雅びを、生活にいかすことを忘れがちな時もある。最近は洋式にちかい日々の暮しが多くなっているのだが、新春をむかえる心の粧いとして、日本の優美さに思いをよせる、一月はそうした時節であろう。

過日、京の四条にある和紙の店で、数枚の千代紙と、手すき和紙でつくった品々を買いもとめた。友禅染め、手もみちりめん、型染めなど、手すきの千代紙には、洋紙では味わえないあたたかさと、やさしさがある。

紅色の地に蝶と花、江戸紫の地色に手まりの柄は友禅染めの模様であり、あわい桜色の地に、うす紫の松竹梅、そして黒地に紅と緑と白の花車は、手もみちりめんに染めた意匠のあでやかさをかんじる。手にとってしっとりとやさしげなこの千代紙を、私はお正月の食卓に、茶菓の器をおくランチョンマットにつかうことにした。黒地の千代紙は白いコーヒーカップや、ケーキ皿にも合い、桜色の和紙はダイニングルームの、ガラスの花器のしたにテーブルセンターのように置くのもいい。

洋間の書斎で原稿を書く私の机には、千代紙をはったペン皿があり、資料として読む書物には、手すき和紙の代紙に、千代紙細工の小さな日本人形をはった栞《しおり》が数葉はさまれている。洋式の生活のなかに、それらの品々は、心なぐさめるものとして、調和しているのではないかと、私は思っている。

高価な着物で外身《そとみ》をかざることよりも、ささやかな、新春らしい華やぎをのぞんで、いつもは絵をかけている部屋に、茶席扇をかざってみた。簡素をこのむ私の気質には、派手やかな扇よりも、茶席扇子を執筆の場所におくことが、ふさわしいように思われる。

つやのある黒ぬりの骨に銀の地紙、その扇面に紅色と白の梅の花がえがかれている。日本のすぐれた美的感覚がつくりだした、質の高い手仕事の、これも伝統工芸の雅びといえるものであろう。扇骨の仕事は、今ではその大部分が滋賀県の産業になっているのだが、地紙の製造と、扇を仕あげるわざは、京都でなされている。

小さな扇子のキーホルダーを、大型のバッグに、かざりとしてつけてみるのもいいと思う。そして扇をたたんだ形の匂い袋を、コートのポケットに入れて、ふとすれちがう時、その女性《ひと》のそこはかとない香りがするというのも、日本古来のたしなみを、現代にいかしてみる美意識の、艶なる姿ではないだろうか。

オルゴールが奏でる音の夢

晴れた日の冬空は、どこまでも青くつめたい。空気の冴えがかんじられる一月末から二月にかけて、透明な青色のガラスのように、空は硬質の光りを思わせる時がある。

水晶のような、あの空の青さ。それにくらべて、街路は散っていった枯葉のあとの、白い風色におおわれてゆく。急に気温が下り霧が山をおおいつくし、粉雪が降りしきる夜などは、心をあたためる音楽とともに、時をすごしたいと私は思う。

神戸北野坂にレンガ造りの洋館が建っていて、壁はつたがからまり、小さな石の階段がある。一階は会員制のカフェショップになっていて、私はこの応接間のような部屋のソファにすわり、編集者やカメラマンと仕事のうち合せをすることが多い。このティールームには、ドイツ製ポリフォン社のアンティック・オルゴールが置かれ、まろやかなファンタジーを思わせる音楽をかなでる。製作は一八九〇年から一八九五年といわれ、木の扉の上部に「Polyphon」という文字がくっきりと彫られている。右手に木のハンドルをさしこんでまわし、銅貨を入れるとディスク(円盤)があがってきて、曲を自動演奏する。〝舞踏会の後の恋の夢〟という曲など、心やさしいロマンをかたりかけるような、抒情的な旋律を聴かせてくれる。ピアノ演奏ほどダイナミックではなく、チェンバロの繊細さよりは、やわらかで、私たちの心の郷愁にふれてくるような優美な音の世界にいざなう。

ドイツ製ではカリオペ社の澄んだ音、シンフォニオン社の家庭用につくられたケースに彫刻のあるもの、そして低音から高音までひろい音域をだすポリフォン社が三大メーカーとしてしられていた。

スイスのメルモード社が製作した「ステラ」は、ディスク・オルゴールの最高傑作といわれ、ヨハン・シュトラウス作曲の〝美しき青きドナウ〟や讃美歌を、きわめて華麗な音でかなでる。「ステラ」の音色は、ディスク・オルゴールのなかでも、はなやかさのある音の流れをかんじさせるといえるだろう。

アメリカ最大のオルゴール・メーカーであったレジーナ社の「レジーナ・スタイル5」は、月光にきらめく湖の水面のような、優雅な音色で、〝ダニュー川のさざなみ〟やJシュトラウスのワルツとかワーグナーの歌劇〝ローエングリン〟の旋律に私は心魅せられる。

一八七七年に、エジソンが蓄音機を発明していらい改良をかさねて、録音と音楽演奏のすぐれた機能をもつようになった。そしてディスク・オルゴールの時代は終わっていった。CDを聞く、ダイナミックな音楽の響きもすばらしいものだが、すでに忘れられたディスク・オルゴールの、やさしげで優雅な夢をみさせる音に私はなつかしさをかんじたりする。窓の外に降る雪の静けさ。夜のしじまに夢の音色を聴くのはふさわしい。

オルゴールというのは日本名で、ヨーロッパではMusic Boxとよばれ、十九世紀後半から二十世紀はじめまで、貴族の宮殿や高級レストランに置かれ、人々の心になぐさめと音楽のたのしさをあたえていたと思う。アンティック・オルゴールは、外側が木製の美術工芸品としても、みごとな細工とデザインで造られた逸品でもある。今ではオルゴールの小品となった小箱や人形がかなでる、やさしい音の夢を身近なものとして、いとしんでいる人たちが、どこかに居るのではないかと私は思ったりしている。

本の散歩道《プロムナード》

軽井沢——文学の散歩道

白いコブシの花が咲きはじめると、軽井沢には春が訪れる。コブシは軽井沢の、そここに見られるモクレン科の優美な花だ。

春の季節、澄み切った青空の晴れた日などは、「軽井沢高原文庫」を訪れてみよう。この文学館は、南軽井沢の塩沢湖のほとりに、昭和六十年開設された。

軽井沢や信濃追分にゆかりの深い詩人、作家たちの資料を展示し、堀辰雄の山荘、有島武郎の別荘であった「浄月庵」、野上弥生子の書斎などを移築、一般に公開している。

落葉松やアカシアの樹々にかこまれた、小高い丘の上に、白い瀟洒な文学館の建物があり、前庭には清純な抒情的で知られる立原道造の詩碑が建っている。

高原文庫から道路をへだてた向い側に「軽井沢タリアセン」がある。ゲートを入ると塩沢湖の周囲には白樺の木があり、コブシの花やピンクのサクラ草などが咲いている。

この敷地内には、旧軽井沢にあった旧郵便局の建物が〝明治四十四年館〟として移築された。旧郵便局は、木造二階建ての洋館で、旧軽井沢のメインストリート、現在観光会館の建っている場所にあった。この郵便局は堀辰雄の作品『ルウベンスの偽画』、三島由紀夫の『仮面の告白』他に描かれている。

四十四年館の二階は、〝深沢紅子 野の花美術館〟になっていて、紅子は堀辰雄や詩人の立原道造と親交のあった女流画家であった。


新緑の美しい初夏になると、矢ヶ崎川に沿ってアカシアの並木道を歩くのがいい。さわやかな微風に木もれ日がゆれて見える。淡彩のスケッチ画のように、軽井沢の風景を描いた、堀辰雄の作品『美しい村』の舞台でもある。幸福の谷《ハッピーヴァレイ》の方へまがって、石畳の道を上って行くと、左手に川端康成の山荘が見えてくる。ここで川端康成はエッセイ「秋風高原」を執筆し、谷を下りて諏訪神社やユニオンチャーチ、テニスコートのあたりを堀辰雄などと散歩するコースであった。

テニスコートの裏手、大塚山の下に室生犀星が建てた純日本建築の別荘がある。現在は軽井沢町が管理していて、夏には一般に公開される。犀星の別荘には、川端康成、旧軽井沢に別荘をもつ吉川英治、正宗白鳥、円地文子などが訪れた。追分の油屋旅館にいた堀辰雄や立原道造、詩人の津村信夫などは犀星別荘の離れに泊まることもあった。

七月の末から九月上旬にかけての軽井沢は、人と車で混雑する。レストランやティールームも、この時期は一ぱいになってしまう。むしろ軽井沢は秋から冬がいいと言う人も多い。

三笠通りの落葉松の並木道を上って、旧三笠ホテル（重要文化財）の、美しい洋風建築の建物を訪れるのもいい。細い坂道を上ってゆくと、有島武郎終焉の地碑がある。三笠の別荘地は皇族や政財界人、学者、作家の別荘が多く、静かな雰囲気を残すエリアだ。この別荘地に丹羽文雄の山荘もあり、小説「禁猟区」は三笠ホテルを舞台にしている。

三笠通りから前田邸に入って行くと、このあたりは紅葉が美しい。舞い散る枯葉をサクサクと踏んで、朱色に染まる紅葉の中を散策する楽しさを満喫できる。

宮本輝の作品『避暑地の猫』は、三笠別荘地にある豪壮な邸宅を、舞台に想定した心理サスペンス小説である。すぐれたストーリーテラーである宮本輝は、物語の中で軽井沢の森を覆いつくす濃い霧を神秘的に描いている。さらに三笠通りから旧道へ、矢ヶ崎川から万平ホテルあたりの道、そして鹿島の森などが作品のシーンとして書かれている。


粉雪が降りはじめる冬の季節、軽井沢は白い静寂につつまれる。気温は氷点下に下り、冴えた空気の冷たさが、むしろ快く感じられる。

雪が止み、ブルーサファイアのような澄み切った青空の中、六本辻から雲場の池へ車を走らせてみたい。積雪のあとの秀麗な浅間山が遠くに眺められる。

雲場の池は四季それぞれの良さをもつが、雪が降り続いたあとの、銀白の風景は、ひときわ清冽な美しさを感じさせる。すらりとした白樺の木や、楡の樹々に降り積った雪に陽光があたり、キラキラと輝いて見える。

軽井沢でいちばん澄んだ泉の出ているお水端の細い小径や、雲場の池あたりは、野上彰の小説「軽井沢物語」や、室生犀星の「杏っ子」、丸岡明の「生きものの記録」などに描かれている。

クリスマスが近づくと、教会やホテル、ペンションなどが金色のイルミネーションで飾りつけをする。森の闇にくっきりと浮かび上がる光のデコレーションは、軽井沢の冬を彩る華やかさである。堀辰雄の弟子であり、カトリック詩人になった野村英夫は、小品「雲、花、小鳥」の中で、レストランやホテルの明りがクリスマスの前らしく、綺麗に見えることを書き記している。


中軽井沢の一四六号線に沿って、湯川という清流がある。その川のほとりに北原白秋の有名な詩、「落葉松」の詩碑が建てられている。

大正十年「芸術教育夏季講習会」が、星野温泉で開かれ、講師として島崎藤村、北原白秋、内村鑑三他が講演を行なった。

北原白秋の絶唱「落葉松」は、菊子夫人とともに散策した中軽井沢の千ヶ滝あたりの、落葉松林が詩のモチーフとなっている。このすぐれた詩は同年十一月号の「明星」に発表された。北原白秋の代表作として広く知られているのである。

からまつの林を出でて、
からまつの林に入りぬ。
からまつの林に入りて、
また細く道はつづけり。

からまつの林の奥も
わが通る道はありけり。
霧雨のかかる道なり。
山風のかよう道なり。

からまつの林を出でて、
浅間嶺《あさまね》にけぶり立つ見つ。
浅間嶺にけぶり立つ見つ。

福永武彦随筆集『別れの歌』

福永武彦がはじめて軽井沢を訪れたのは、昭和十六年の夏である。開成中学から、一高、東大、そして生涯を通して親しい友人であった、中村真一郎の誘いを受けての来軽であった。駅には中村が迎えに来ていた。彼等は愛宕山下の別荘地に建つベア・ハウスで、この年と、翌十七年の夏の日々を過ごすのである。

外国人宣教師たちが合宿に使っていた、木造二階建ての大きな別荘が、ベア・ハウスであった。この家は、東大医学部の学生であり、堀辰雄に傾倒していた森達郎が、実業家の父に願って買い入れてもらった別荘である。善良な青年だった森達郎のニックネームが達熊《たつくま》だったことから、「熊の家」ベア・ハウスと堀辰雄によって渾名されたと、中村は『戦後文学の回想』の中で書きとめている。

福永にとって軽井沢は「爽やかな太陽とつめたい空気と、そして緑の樹々が眼の覚めるように思われる高原だった」という。

ベア・ハウスでは森の友人であり、後年電通の幹部となる吉川夏苗が、マネージャー役を務めていた。この年、森山荘で福永は長編『風土』に着手するのである。中村はバルザックの翻訳を始めていた。午前中は各々の勉強に精を出し、午後になると、野村英夫などと連立って、堀の別荘一四一二を訪れた。

堀辰雄は「スポーティなジャケツ姿で」ベランダの椅子に凭れて本を読んでいた。堀の「話振りは魅力的で」、福永はその「人柄にすっかり参ってしまった」と、後に回想している。多恵子夫人の親切なもてなしにも、家庭的な温もりを感じるのである。「堀さんの人間的な温かみはすぐさま僕等を捉えて離さなかった」。そして都会的な趣味の良さ。「一度も機嫌が悪いとか、怒ったとかいう表情を示されたことはなく、にこやかな微笑が絶え間なく流れていた」。福永たちは堀をめぐって、「自分達の夢を育てていたような気がする」（『別れの歌』）とある。

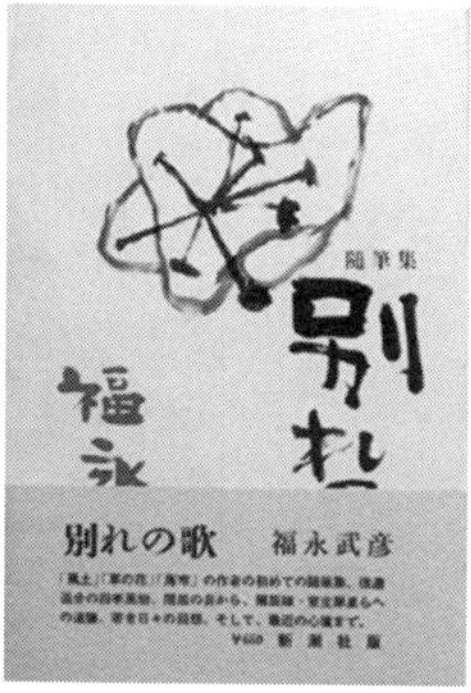

昭和二十一年、福永は肺結核を発病し、翌二十二年清瀬村の国立東京療養所に入り、何度も生命の危機に直面するという、孤独と苦難にみちた、サナトリウムでの生活を送ったのである。夏の軽井沢で執筆を開始した長編『風土』は、療養生活の間も書き続けられ、

昭和二十七年『風土』（第二部省略版）が新潮社から刊行された。

この年の九月、福永は信濃追分の、病床の堀を訪ねて行くのである。七年ぶりの再会であったが、堀の「親しげな微笑は」七年間の歳月を感じさせなかった。ずいぶん痩せた堀の姿に接して、福永は胸の傷む思いがするのである。『風土』の出版に、尽力してくれたのも堀であった。

追分を去る日、「あまりお酒を飲んじゃ駄目だよ」と、堀は福永の体を気遣って忠告してくれたのだった。しかし、その日が永遠の別れとなるのである。文学上の師としての堀辰雄に、福永武彦は敬慕の念を、常に持ち続けていたのであった。

『作家の猫』

作家の中には猫好きが多い。漱石の弟子であった内田百閒、物理学者で随筆家でもある寺田寅彦。谷崎潤一郎、佐藤春夫、幸田文、武田泰淳、開高健、仁木悦子他。『牝猫』の作者コレット、名作『Cat in the rain』の著者ヘミングウェイなど。大佛次郎の家では常に十四以上の猫がいるという、大の猫好きとして知られている。

池波正太郎のエッセイ集『日曜日の万年筆』に「猫」と題する一文がある。池波は仕事に疲れると気分転換に「猫を玩具がわりにするので、猫からはきらわれている」という。「その中で、シャム猫のサムだけは（略）好意をもっていてくれるらしい」。夜半すぎになるとソロリと書斎に入ってくる。仕事を終えた池波が「ほっとしてウイスキーをのむとき、彼にも小皿へウイスキーの少量を水割りにしてやると、音もたてずに飲んでしまう」寝る前の一杯で御機嫌になったサムは、廊下かどこかでスヤスヤ眠ってしまうのだろう。

室生犀星は、とみ子夫人の飼い猫とは別に、自分所有の猫を特に可愛がっていた。虎猫のジイノは犀星の書斎に入って来て、二本の前足を火鉢の縁にかけて火にあたる。犀星はジイノが火傷しないように火力を調節し、来客があると自慢していた。火鉢の前にちょこんと座っているジイノを、笑顔で眺める犀星が写真となって本書に収められている。撮影したのは堀多恵子

さん。

晩年の犀星が軽井沢で出会ったのが子猫のカメチョロだった。信州ではトカゲのことをカメチョロと呼ぶらしいが、うろちょろと走り回る子猫にこの名を付けた。東京馬込の家に連れて来たカメチョロはその後黄疸で死んでしまって、犀星をひどく悲しませたのであった。

『作家の猫』の中には、各々の著作の世界とは別に、猫たちと暮す作家の姿が多くの写真でまとめられている。ほほえましい彼等の日常の一齣を垣間見せてくれる、楽しい一冊の本である。

『猫の墓』夏目伸六 著

夏目漱石が『吾輩は猫である』を執筆したのは、本郷千駄木町五七番地の家であった。この家は森鷗外が明治二十三年から約一年余り住み、のちに歌人であり、アイルランド文学の翻訳家であった片山廣子も明治三十三年ごろ居住していた。文学者にゆかりの有る家であり、漱石が『猫』を書いた家として有名になって、現在は明治村に移築されている。

『吾輩は猫である』のモデルとなった初代の猫は、迷子の捨猫で何度外へつまみ出しても、朝雨戸を開けるとニャーニャー鳴きながら家の中に入って来るので、ついに根負けして飼う事にしたらしい。漱石の妻鏡子は猫好きではなかったのだが、出入りの按摩さんから「珍しい福猫でございますよ」と言われて、急にこの猫を可愛がりだしたという。ただし最後まで名無しであった事に変りがない。

　高浜虚子のすすめで書きはじめた『吾輩は猫である』は、明治三十八年一月「ホトトギス」に掲載された。非常に好評であったため、一回の予定がさらに書き進めて長編となった。明治三十九年『坊っちゃん』を「ホトトギス」に、『草枕』「新小説」『二百十日』「中央公論」に各々発表。一躍作家としての文名が上がる。夏目家にとって初代の猫は、まさに福猫であった。

　漱石は千駄木から西片方町、さらに早稲田南町へ転居することになる。引越しの手伝いに来た漱石門下の

鈴木三重吉が紙屑籠へ猫を入れ、風呂敷に包んで運んで行った。この初代の猫が、物置のへっついの上で静かに亡くなった日、漱石は白木の墓標に「猫の墓」と記した。亡骸は裏庭の桜の木の下に埋葬され、春には白い花びらが舞い散っていたと、漱石の次男伸六は本書に記述している。

猫の十三回忌に、鏡子は九重の供養塔を建てた。漱石山房と呼ばれた自宅跡は「漱石公園」となり、昭和二十八年、猫の石塔は文化財として、ここに復元されている。

『漱石先生の手紙』出久根達郎 著

夏目漱石は友人知人、門下の人たちから手紙を受け取ることを好んだ。彼もまた懇親な返事をしたためている。漱石の書簡がすぐれていることは、すでに定評がある。ユーモアがあり、率直であり、相手に対する心のこもった情愛を感じさせる文面だ。

漱石の周辺には、多くの門下生が集まって来た。彼等は漱石山脈とよばれ、のちに作家または学者として世に出た。その時代の知識層として錚々たるメンバーである。漱石ほど大勢の弟子から敬慕された文学者は、他に例をみない。それは漱石の人間的魅力によるものであろう。そして各々の弟子にむける温情のある姿勢がみられる。松山中学からの教え子が松根東洋城（俳人）と東大医学部教授、真鍋嘉一郎。寺田寅彦は熊本第五高等学校時代から漱石の家に通った。東大理学部から大学院に進み物理学者となり、吉村冬彦の筆名で秀逸なエッセイを発表した。心のやり場のない時、漱石の前に居るだけで慰められたと、寅彦は「夏目先生」に記している。

漱石は第一高等学校の講師、東京帝国大学英文科の講師を兼任し、のち「朝日新聞」の専属作家となる。創作の筆を執るかたわら、夏目家を訪れる門下生と文学観、人生観等について、「木曜会」で語り合った。小宮豊隆、森田草平、鈴木三重吉、内田百閒他、晩年の弟子芥川龍之介、久米正雄、松岡譲等が漱石山房に集まっていた。

漱石は芥川の短篇「鼻」、鈴木の「千鳥」を各々に手紙を書いて賞讃し、励ましの言葉を送った。当時、二人ながら作家としては、無名の学生であった。鈴木はのち「赤い鳥」の主宰者として知られ、芥川は文壇

の寵児となる。漱石の見識はまことに鋭い。芥川の才能をいち早く認めていた。本書の著者は、漱石の文学と書簡集から、あらゆることを学んだと言う。漱石は「人生の師」であった。

『青春とは』原作詩　サムエル・ウルマン

原作者サムエル・ウルマンはユダヤ系米国人の実業家であり、生涯を慈善活動に捧げた。ユダヤ教会のエマヌエル寺院創設に尽力し、市民から尊敬される指導者だった。八十歳の誕生日を記念して彼の詩集が私家版として出版され、巻頭詩「youth」本書の「青春とは」は、七十八歳の作詩と言われている。

「青春とは　真の青春とは　若き肉体のなかにあるのではなく　若き精神のなかにこそある　大いなる愛のために発揮される　勇気と冒険心のなかにこそ　青春はある」

崇高な大自然からのメッセージを受け取り、希望とほほえみを忘れないかぎり、いつまでも青春の中にいるという。この詩はマッカーサーの執務室に掲げられていた。しかし彼の愛誦した詩は様々な人々によって改変され、抽象的哲学的な言葉が付加されている。この改変版を日本語訳したのが岡田義夫であり、格調の高い名訳で日本でも知られるようになった。特に多くの財界人がこの詩に激励され勇気づけられ、昭和六十年「青春の会」が発足する。新井満の自由訳は、ウルマン原作の詩に立ち返るものであり、具体的なイメージが鮮明だ。写真詩集として二〇〇五年に出版された。

新井満氏は『千の風になって』の訳詩、作曲者として知られている。『千の風』は米国メリーランド州に住んだ一夫人が創作した十二行の詩である。欧米ではかなり有名だが、新井氏の訳詩作曲によって日本中に広まった。百人ほどのプロ歌手がこの曲をレパートリーに入れたが、新井氏自身の語りかけるように歌っているCDが抜群にいい。身内や親友といった最愛の人を失った者の悲しみは深いが、死者の魂は風に光りに、きらめく雪となってあなたの身近にいるという、『千の風』は再生の詩なのである。

『グリム兄弟 童話と生涯』高橋健二著

童話文学というのは、私自身にとって文芸作品にふれる最初の契機であった。父と母に買い与えられたグリム童話集は、アンデルセンのそれとともに、幼い日々の私の心に豊かなロマンの世界を伝えた。特にグリムの業績を高く評価していたらしい父が、三十代の若さで逝った後、その童話集は父への忘れ得ぬ想いと重なりあって、私の傍らに残されていたのである。俊才であったと聞く父の言葉を、せめて書物の中で聞こうとするかのように、七歳の私はグリム童話を読んでいた。それは後に私の仕事を決定する礎となったのであろう。

「白雪姫」や「ヘンゼルとグレーテル」は名作として世界的に有名だが、私は「星の銀貨」という美しいメルヘンに心ひかれる。グリムの童話は、けっして説教じみてはいないけれども、人の心の清らかさが醜さにまさり、冷酷で強欲であるよりも、他者への愛と無欲な優しさこそが、神の恵みによる幸いに導かれることを語りかけるように思われる。

グリム童話集は創作ではなく、古くから語り伝えられた昔話をグリム兄弟が記録編集し出版したものであった。ドイツ文化研究の資料にする意図で編まれた本であったから、「子どもと家庭の童話」という書名にしては、第一版は学問的で難解な内容だった。兄のヤーコプは優秀な言語学者であり、弟のウィルヘルムは文学的な才能を持つ文献学者として、この本は二人の合作による研究の結実である。グリム兄弟の生前に出た第一版（一八一二年）から第七版（一八五七年）まで、五十年の歳月をかけて弟のウィルヘルムが増補改訂、加筆し文芸性の豊かなメルヘンとして書きとどめられた。それは素直で美しい文章にみちている。

グリム兄弟
童話と生涯
高橋健二著
グリム生誕二百年記念出版
グリム研究の第一人者によるグリム兄弟新評伝

兄ヤーコプが十一歳、弟のウィルヘルム十歳の時、兄弟の父が四十四歳で病死し、グリム未亡人には五人の息子と一人娘のロッテが残された。兄ヤーコプと弟ウィルヘルムは伯母の援助でカッセルのフリートリッヒ高等学校に入学、首席を通したヤーコプとウィルヘルムはマールブルク大学で学ぶ。すぐれた才能と大きな努力と称揚すべき礼儀正しさを認められていたにもかかわらず、奨学金が与えられるのは貴族か裕福な家の子弟だけであり、グリム兄弟の生活はつつましい耐乏の日々であった。「乏しさは勤勉と研究に拍車をかけ、気高い誇りを心にそそぎ込む」とヤーコプは後になって自叙伝の中に書き記している。一八〇八年に母が死去し、兄ヤーコプは二十三歳で四人の弟妹の父親代りとして生計を支え、弟のウィルヘルムは優しく穏和な性格のゆえに母親に代って兄の良き協力者であった。

学者としての二人の生涯は常に離れず、兄の厳密さと弟の文学的素養とが、互いに補い合うかたちで、見事な数々の学問的業績の成果を残し得た。ゲーテとシラーの創造的友情に劣らないものがある。グリム兄弟の伝記を読み返すたび、困難な状況の中でも志を高く持ち続ける高潔な魂に、私は深い感銘を受ける。高橋健二氏の、この伝記は時として沈痛な想いに捕われる日にも心の支えとなり、私のつつましいライフワークの方向を示す静かな星の光なのである。

第三章

心魅せられる美術館

緑の高台に建つ「ベルナール・ビュフェ美術館」

ベルナール・ビュフェ美術館は、一人の天才的な才能をもつ画家の、油彩、水彩、版画、彫刻をあわせて約六百点を収集している。世界最大のビュフェ・コレクションとして、一九七三年に開館されたミュージアムである。

三島から北西に、駿河平の方にむかって車を走らせてゆくと、左手前方の高台に白い建物がみえ始める。グリーンの草原と樹々のつづく風景の間に、富士の裾野である丘陵地帯にまで、ゆるやかな斜面を広いアスファルトの道がのぼりつめてゆく。

空の澄明な青さ、そして太陽の光り。樹々を吹きすぎる風につつまれ、都会の雑踏からはなれた自然公園としての、澄みきった明るさと静けさがある。駿河平の高台に建つ美術館は、緑の風景のなかに白い清麗な姿をもつ現代建築である。その白い壁にはMusse Bernard Buffetという、鋭角的なサインの文字が黒くデザインされ、それがこの美術館を印象づけるものになっているのだ。

駐車場から美術館への道は、アベニュー・ベルナルド・ビュフェといって、「ビュフェ小路」と名づけられている。右手にモダンな美術館が建ち、左の広い石段をのぼった所に、日本建築の「井上靖文学館」がある。ヨーロッパ的で洒落た建物と、日本的な文学館が、みごとなコントラストを造り出していると言えるであろう。

「ビュフェ美術館」の中央ホールを入り、回廊になっている展示室には、この画家が少年のころの夏のヴァカンスをすごしたという、北フランスの「サン・カスト」の風景を、白地に鋭いタッチの線描で描いた、数点のドライポイントが掛けられている。抒情的な情感を知的に表現する、鋭敏な感性を感じさせる絵だ。

鮮烈な個性が描いた強烈なタッチの作品群

ベルナール・ビュフェは一九四八年二十歳の若さで、「批評家賞」を受賞し天才画家として注目されてきた。初期の作品は「灰色の時代」とよばれ、グレーを基調とする画面は、どこか孤独な憂愁にみちているかのように見える。このような、ほとんど無彩色で鋭い線描の絵から、洗練された色彩感覚をもつ作品へと、彼の絵はしだいに変化してゆく。

美術館の中展示室は、天井もそれほど高くはなく、照明の光りはやわらかで、静かにおちついた雰囲気をもっている。この部屋に掛けられている絵のなかで、私の好きなのは「カルメン」一九六二年の作品。ビュフェは一九五八年に、三十歳でアナベルと結婚したのだが、この絵のモデルは彼女なのであろう。

ビュフェの人物像は、どこか体温のあたたかさを拒絶するかのような、冷徹な絵が多いのだけれども、彼がアナベルを描く時、その厳しいデッサンと強烈な線描のタッチでありながら、みずみずしい情感と、鮮麗なあでやかさが表現されている。それは、おそらく彼のアナベルに対する、深い愛の想いが表象されているのであろう。

「カルメン」の絵は、クリーム色のバックに女性の姿を黒と白で描きだしている。ベールの黒いレースと、裾長くひろがったスカート、歌劇カルメンの情炎よりもデリケートで優雅な魅力をもっている。この画家の的確でむだのない筆致、大胆さと精密な線が、完成度の高い、美しい作品を創造させているのだ。

さらに彼の絵は、グラジオラスの花や蝶や、そしてパリ風景、ロワール河のシャトーなどを描く時、ゆたかな色彩感覚と、鋭角的な線描が一枚の画面にみごとに表現される。この美術館を訪れる時、鮮烈な個性と美的世界のなかに、いざなわれてゆくかのような、そうした魅力を私は感じている。

レンブラント、モネのオリジナル画――「MOA美術館」

桃山の丘陵二二万平方メートルの庭園に建てられたこの美術館は、まず建築と、その設計のみごとさという点で、国内でも屈指のものと言えるであろう。緑の樹々の多い庭園に咲く四季の花、そして前方に広がる海の青さ、自然を秀麗にいかした清明な心の安らぎを感じる。

受付カウンターを通り、展示室にむかうエスカレーターは二〇〇メートルあり、両側の壁と天井は白、そして淡いグリーンとオレンジ色の光りがやわらかで、清楚な印象をあたえる。エスカレーターが上ってゆくにつれて、見えはじめる円形ホールは、白からグリーンに、また白から紫に、そして白からローズ色へとオーロラのように光りが変化してゆく。それは光りの色調がみせる幻想と言ってもいい。

円形ホールを通って「ムア広場」に出ると、インド産の砂岩におおわれた明るい茶色の美術館が建ち、中央階段をのぼりながらふり返えれば、相模灘の眺望がすばらしい。清澄な輝きをもつ青色《せいしょく》の海である。二階メインロビーからは、房総半島、初島、大島、そして川奈岬までがあざやかに見える。

一階展示室に掛けられている三点の絵の前に、私はしばしばたたずんでいた。

レンブラントの「帽子を被った自画像」は、一六二九年、二十三歳の制作。光りと陰影をたくみに描きあげた作品であり、二十三歳という若い日の制作であるにもかかわらず、絵の完成度はきわめて高い。この画家の非凡な才能を、あますところなく発揮しえた傑作であろう。

同じ部屋に展示されているクロード・モネの「睡蓮」は、淡々しい黄色がかった水面に、白い水蒸気がゆらめくような筆致で描かれ、小さな花が水に浮かぶ、やさしく温かさのある絵である。モネといえば「睡蓮」が有名なのだが、一九〇〇年、六十歳で〝睡蓮の池〟連作展を、デュラン・リュエル画廊で開き、これは大成功をおさめた。画家としての卓抜した才能をもちながら、二十代、三十代そして四十代の後半にいたるまで、彼の絵はほとんど一般には評価されず、落胆と経済状態の窮乏のなかで、ただ絵を描くことに情熱をかけ切った日々であったと考えられる。そうした苦しみのうちに、最初の妻カミーユが病死する。

ＭＯＡ美術館にある「睡蓮」は一九一八年、七十八歳の制作である。他の美術館でみるモネの「睡蓮」はブルーがかった水面に、ピンクや紅色、そして白い花を描いている絵が多いのだが、ここで見る淡々しい黄色がかった水面に、光りがゆれているかのような色調はめずらしい。七十八歳という年齢を感じさせない、みずみずしい魂の、豊かな感覚と表現のたしかさがある。

この「睡蓮」の横に掛っている「ジヴェルニーのポプラ並木」も連作のなかの一点だが、ピンク色の空にグリーンの並木がS字型のような曲線で描かれ、ロマンティックな優美さのある絵だ。

画家としてモネの名声が高くなったのは、五十五歳ごろからであったが、絶え間なく制作にうち込み、六十八歳の年から視力がしだいに衰えはじめる。しかしモネは制作を続行し、「睡蓮」の大装飾画を、フランス国家に寄贈したのは八十一歳であった。両眼ともに失明の寸前まで、絵筆を持ちつづけた生涯であった。

一九二六年、モネは八十六歳で世を去ったが、最晩年まで描きつづけた「睡蓮」のシリーズは、今も一人の画家の、ひたむきな意志と情熱の所産として、見る者の心をうつものがある。

日本の名美術品も数多く展示

ＭＯＡ美術館には、この他に国宝三点、重要文化財五十三点など、品格のある名品をそろえており、月一回展示内容を変えるという。日本の絵画では、尾形光琳の有名な「紅白梅図屛風」は華麗で絢爛たる傑作である。そして、京都二条通り新町下ルの地に建てたという光琳の屋敷は、ＭＯＡ美術館の庭園内に復元されている。

工芸品にも秀逸な作品は数多いが、野々村仁清の白地に藤の花をあしらった、淡い色調の「色絵《いろえ》藤花文《ふじはなもん》茶屋壺《ちゃやつぼ》」が特にすばらしい。仁清は茶陶器において特にすぐれた美意識と才能を見せた。江戸時代前期の、京焼きの祖として著名な人物である。

また仏像では、隋時代のものと言われる、高さが約三七センチほどの小さな観音菩薩立像に、心惹かれた。銅造に金箔をほどこし、ほっそりとした姿と、柔和に微笑むかのような顔は、人の心を浄化する慈悲の相なのであろう。数ある彫刻のなかで、私にとってもっとも好ましい、優しげな観音像であった。広い庭園を散策するのも、心なごむひと時であり、能楽堂で催される伝統芸能を観賞する機会をもつという、多様な楽しみかたのできる美術館なのである。

湖のほとりに佇む「池田20世紀美術館」

一碧湖という小さな湖のちかくにあるこの美術館を、私が訪れた時は、樹々の間に白い山桜が咲いていた。そしてピンクのシャクナゲの花が車窓から見えた。

この美術館の外壁はステンレス・スチールを貼り、銀色に光る現代建築である。高い天窓から自然の採光がさし込み、絵画の色を明確に見ることができるように設計されている。

二十世紀に制作された絵画、彫刻を収蔵し、〝人間〟をテーマとする作品が中心となっているらしい。一階展示室にあるマルク・シャガール「パレード」の絵が好ましい。

この画家独特のコバルトブルーの画面に、描かれているリラの花束を持った女性は、彼の恋人であり後に妻となったベラ・ローゼンフェルドだと言われている。ユダヤ人労働者の家に生れたシャガールの絵は、年をかさねるごとに洗練された天質を示し、幻想的で抒情性のある作品へと昇華されてゆく。「パレード」は一九七〇年の制作。シャガール八十三歳の作であるが、若々しい精神と心やさしい夢にみちた、詩情を思わせる絵である。

「うろこ美術館」

初夏のけはいを感じさせる神戸北野町は、鮮明な風景の美しさをもっている。白い彩光に映ずる町に、グリンの並木と、異人館の壁にからまるツタの葉、庭の樹々。白とグリンのコントラストが、鮮やかな彩りとなって、この町を歩く人々の心に、さわやかな慰めをあたえることだろう。

観光のために訪れる人たちが多くなった昨今、それでも、あまり人影のない、静かな小路があり、私はそんなひそやかな路をえらんで、わずかな風の流れを心に感じながら、この町をひっそりと歩く日がある。

北野坂は人通りが多いが、初夏の季節は、新緑の並木路が、人波のざわめきをかき消すかのように、グリンの葉陰で街路を彩るのである。

いつもは人通りのはげしい路をさけて歩くのだが、二、三日前、急な坂道を上って、異人館「うろこの家」の中にある「うろこ美術館」を訪れた。

この異人館は、外壁に貼られている天然石のスレートが、ブルー、グレー、そしてベージュといった色調であり、中央の円筒型の塔が、建築の特徴となって印象づけられる。外壁のスレートが、あたかも魚のうろこのような形をしていて、いつからか「うろこの家」と呼ばれるようになったという。

昭和五十七年に、異人館「うろこの家」のなかに、新しく三階建ての〝うろこミュージアム・オブ・アート〟「うろこ美術館」が造られ、一、二階はヨーロッパの絵画を展示している。

フランスの画家リッシュの「花売り」。ダークな色調で描かれた画面に白い髪の花を売る老婦人と紅色の花。引きしまって静かな画面構成である。ポーランドの画家ザヨンツの「フランドルのポートレート」、白と赤と黒の大胆なタッチで、強烈な個性を感じさせるものがある。単に写実的な肖像画ではなく、画家のイメージが、デリケートな感性でありながら、しなやかで鮮烈な迫力をもつ絵だ。

そして神戸北野町に建つ、このプチミュージアムの壁面を彩るのにふさわしいユトリロの「ミミの家」。モンマルトルの丘に建つこの家を、ユトリロらしい哀愁と詩情を感じさせる雰囲気で、ひめやかな静けさで、彼は描いている。

グリンの並木路と樹々の葉が、初夏の光りにさやめく日に、急な坂道を上りこの小さな美術館を訪れ、ヨーロッパ絵画のなかから、あなたの魂に何かを語りかける、数点の絵にめぐり逢うことも、また素敵なひと時をもたらすのではないだろうか。

「河井寛次郎記念館」

京都の五条坂、このあたりは以前、清水焼の窯元があつまり、すぐれた陶工の腕によって、伝統的な作陶の名品がつくりだされた所であった。

河井寛次郎は、島根県安来市の出身であり、東京高等工業学校（現在の東京工業大学）窯業科を卒業して、京都市立陶磁器試験所に入り、研究と制作にはげんだ。大正九年、この五条坂に窯を開き、しだいに世評が高まる。その作風は年とともに変化をみせ、パリ万国博でグランプリ受賞。日常の用途にあわせた作品を制作する一方、民芸派の陶工として、ゆたかな感受性を具象化した。

この記念館は、昭和十二年、寛次郎の設計で新築され、黒い連子格子に竹の犬矢来のある、京の町屋を思わせるような、おちついた雰囲気をもっている。一階の板の間は広く、床は朝鮮張りの様式をとりいれ、机、椅子、棚など、寛次郎のデザインによるものが多い。

建物のなかほどに広い中庭がある。それに面している大きな窓辺の椅子に、ひっそりと座って本を読んでいる青年、くつろいで静かに話している夫人たち、この建物には、人の心をなごませる暖かさが感じられる。使いこまれた木や、竹や土、それらは今も息づいて、ぬくもりのある存在感をもっている。

寛次郎が制作していた陶房には蹴《け》ろくろが二つ並んでいて、数々の創作が造りだされた場としての、引きしまった雰囲気を残照のようにのこしている。二階の書斎には吹抜があり、階下が見えるのも近代的な意匠だ。この書斎の窓ぎわにおかれている民芸風の机と、ローラをつけた椅子が、好ましい。この机で、寛次郎は詩を書いたりしたのであろう。小さな一輪ざしにさした萩の花が、日常的な暮しを愛した一人の芸術家の、その人柄を、さりげなく私に伝えているように思う。

京都をおとずれる日にふたたび、この記念館のそこはかとない暖かさに、ふれてみたいと私は思っている。

「大原美術館」

この美術館を訪れるのはこれで十数回になる。一九三〇年に建てられたという本館は、人々の行きかう人影とは別に、ギリシア神殿を小規模にしたかのような、ある種の落着いた雰囲気を持っている。心ゆるせる友に出会うひと時のような、心なぐさめる思いがふと私の胸をよぎる。いくたびも眺めた作品の数十点に、再びめぐり逢うためにここまで訪ねて来たのだという、なつかしい郷愁めいたものを感じさせる。

十代の頃、母と「大原コレクション」を見た最初の日から、訪れるたびに心惹かれる作品は少しずつ変化しはじめた。以前は見つめることなく通過させたものを、まったく異なった想念《おもい》で、自らの中に新しい世界を再創造させようという強い要求を感じさせる作品に、また出逢うのである。

今回の訪れは、モローの「雅歌」を見るのが第一の目的だった。制作は一八九三年、紙に描かれた水彩画の小品だが、モローらしいサファイアブルーの輝きと、陰影。その陰《かげ》りの部分が闇鬱《あんうつ》のそれとしてではなく、きわめて神秘的なローマン性にみちている。モローの絵を想うたびに、その作品のもっとも魅力的な部分は、この画家の透徹した気品高い優雅さと、けっして脆弱ではない、鋭敏な美に対する想念の具象化ではないかと思われる。モローの画家としての感性は、その主題を忠実に描写するのではなく、きわめて固有で高貴な香りをただよわせる世界を現出させるのである。

芸術家の創造へのエネルギーというものは、その原点に自らの理念を形象化することにある。それは内部からの強い、噴火する精神の炎のごとく、より明晰に、より激しく、よりあざやかに、自己の芸術的世界を表出してゆくことに、己れの一切をかけきるものだ。内奥にひそむ理念を描くこと、そして語ること、それが全てなのであろう。どの芸術的分野であっても、卓抜した手腕と、明晰な方法への、絶えざる研鑽は当然のことだ。

その作家の鋭敏で透徹した感性のひらめきと噴火する炎のような、渦巻く精神のエネルギーが必要なのであろう。

ある意味では、芸術的創造者というのは、ミューズの女神たちから与えられた先天的な宿命を負った者として存在すべく、決定されてしまっているのかもしれない。そこから逃れ得ぬ、強烈な固有の魂と感性の発現を、また神々は要求するのだろうか。前三世紀にアレクサンドリアに設けられた「ムーサイの館」ムーサイオンは、学芸研究の場であったが、現代の美術館がその伝統を継承しているのも、芸神ムーサイたちに守られるにふさわしい作品群を飾りうる、ミュゼは神聖な場所といえるのであろう。

ギュスターヴ・モローには、ギリシア神話からの題材を描いた作品も多いが、その中の一点に「ムーサイ（ミューズたち）の散策」がある。ゼウスとムネモシュネーの間に生まれた九人の女神たち、「ミューズ」たちであり、ローマでは「ムーサイ」とよばれる、芸術と学問を司る女神たちである。モローがこうした題材を描いたのは、特別な意図をもったものであったかもしれない。モローの作品的世界は「ムーサイオン」に飾るにふさわしい芸術的香気を持っている。
「ムーサイの散策」は淡々しい色彩感覚の緑の樹々と、肉体感をもたぬ学芸を守る九人の、幻想的な女神のおぼろな散策なのである。これは「色彩研究」として描かれた約二百点のなかの一作だが、きわめて明晰な線と色彩と構成力を持つ作品群から、あの朦朧たる抽象への中間に位置するものであろう。

モローの作品の中で最も魅惑的なのは、具象性の中に象徴的な暗示を含む部分である。たとえば「出現」の油彩画、そして「エウローペーの略奪」、さらに心魅せられる「夕暮」の水彩画。サファイアブルーとゴールドと、そこはかとない光と闇のコントラストを描くとき、モローの世界は優雅さと気品にみちており、強烈な美意識の表象として幻想絵画の絶品だといえるだろう。

「私は自分の目に見えるものしか信じない。自分の内的感情以外に、私にとって永遠かつ絶対確実と思われるものはない」

と書きとめたモローの言葉は、単に外在的なものを具象として写すことにではなく、彼の内部にある美的世界への理念を、自らの感性に深いかかわりを持つ、闇の中の光彩と陰影を凝視し、作品化するのだ。そして、そのことにモローは誇り高い芸術家としての、自負と精神世界の立脚点を置いている。その時代の世評に、こびる必要はない。たとえ「文学的」だと評価されたことに孤独な苦悩があったとしても、たとえ宗教的主題が、従来の宗教絵画の枠を破壊する構想にみちていたとしても、描かれた作品それ自体、神聖な輝きにみちている。人々は無傷のまま、祈りの門にたどりつくことは不可能なのだ。カトリックの厳格な文明をもつヨーロッパにあって、ギュスターヴ・モローは、おびただしい敵をもたねばならなかった。神への讃美をモロー独自の解釈の中で描きつづけながら、同時に相対する存在としての、それはしばしば昇華された美しい肢体と姿を持つ女性像として現出する。モローの描く肢体の美しさ、そして一つのイメージに結晶する卵型の、非常に端正な容貌の美しさは、むしろ女性像の中に、優雅さと同時に凛然たる引きしまって強靭な厳しさをさえ感じさせる。それらは人間の肢体でありながら、それを超えたもの、モローの精神世界にある、美への理念を具現するものとして、「文学的」に描かれてゆく。

モローの描くギリシア神話、その他の神々もそして人体も、色彩の表現としてのサファイアブルーと、しばしば部分的に使われるダークレッドも、全ては透徹した厳密な感性から生まれた華々しい創造物に他ならない。婦人たちを飾るいかなる宝石にも、また精神の昇華されざる全ての肉体にも、さらに利己的な信仰への、いかなる認識にも比すべくもない、清冽な美への志向だけが、神聖な芸術作品への祈りとして示されるのがモローの世界なのである。

その凛然たる美しさ、そして気品の高さと優雅さへの思念に裏づけられた、モローの絵のいくつかは、私自身が存在する、その存在のありようの中における、魂の思索と感性にかさなり合って、魅惑にみちた美的世界を私にもたらすのである。

大原美術館の石垣の門にも、そして喫茶店EL《エル》 GRECO《グレコ》の白い扉のある壁にも、濃い緑のツタがからまる。今年の夏は思いがけなく、緑の樹々の鮮やかさばかりが感じられた。夏の光とグリーンの葉影。光は緑の中でさやめいてゆれる。ひとつの夏の季節は、再びかえらぬひと時の、人々の物語りをささやこうというのか。

もはや盛りの夏はすぎ去ろうとしている。倉敷川と両岸にゆれる柳の並木道。その緑のささやきが秋のおとずれを告げる前に、夏の後半を、目まぐるしい仕事のスケジュールをさばいてゆくことになる。清雅なる魂を希いつづける思惟と行動の日々が、過ぎさってゆくのであろうけれども。

「大原美術館」――過ぎ去りし日のこと

この前大原美術館を訪れたのは、夏の、激しい季節である。美学科に居たRが、強引に私を誘ったのだ。今、彼女は大阪の灰色にみちた空の下で、売れない絵を描いている。女性にしては荒いタッチの、少し沈んだ陰影を持つ風景画なのだ。それがRの、魂に在る奥深い場所を暗示するのだろうか。

ここ暫く、私達はほとんど出逢う時間を持てずにいる。お互いの仕事と、それぞれの軌道のために、全ての時は目まぐるしい。つたなくも白いガラス器のような、脆いわたしの、断片的な詩を、いとしみ心に受け止めたのは、最初彼女だった。作品らしいものを、書くだろうなどと、夢思わずに居た過去の、或る日、のことなのである。

人生という次元に在る限り、様々な愁いの陰を胸に受けとどめながら、虚しいにちがいない路の故に、透明なレースの糸をあみ続ける行為に、時として勇敢であろうとさえして、熱情的に生きるのかも知れないのだ。二人にとって、未来よりも、全ては現在の選択に賭けられている。本質は、さほど変らないとしても、自らの夢を希う想いは、未知数の内に置かれた可能性への問いかけなのだ。

先日、私は再び大原美術館を訪れた。茶のつたがからんだエル・グレコという喫茶店も、五、六度来た過去の日と変らない。倉敷の街は、その建築のせいか、常に乾いた土っぽい雰囲気を持っている。そのために一層なつかしい、ひそかなものの漂う土地である。

美術館の内部は、少しも変化していない。飾られた絵の配置が、ほんのわずか移動しているだけだ。高い天井と淡い陽光までも、ここでは一切の時間の経過が、とどまっている。

私はふっとRを思い、彼女自身と、彼女の作品を思い描き、やがてそれは視界に入って来たもののために消されて行った。思い掛けなく、新しい発見は、何の前触れもなくやって来るものなのかも知れない。美術館の二階に居る間に、以前、いく度も見過して居た数点の絵が、不可解なほど私の心を捕えている事に気付かされた。高校生時代、かなり気に入って居たボナールや、セザンヌは、それほど強く視線を惹かなくなっている。私の求めているものは、もっと厳しく心悩ませる輝かしさなのだ。直向きに引きずられて行くまなざしの果ては、例えばスーチンの〝鴨〟。

ヴィルナの美術学校出身だといわれる彼の、深い暗色の青と、象牙色と、その間にわずかな線描の紅は、モジリアニとは全く異質な筆触の中に、神秘的に見える静かさを感じさせる。現代はこのように、むしろ虚無の感性を能動的で奔放に冴え切ったデッサンを、美の形象に結実させることに、メタフィジックな意味を発現させ得るのかも知れない。

美術館の二階に置かれた、茶色のソファにもたれて、私は視線をユトリロの「パリ郊外」に移す。この作品は、かなり以前から、ここで見つめる絵の中では最も好きなものなのだ。〝パリ郊外〟に対する私の愛着は、時間の過程を無視していささかも変化していない。一九一〇年から一二、三年の、「白の時代」の中でも、この作品は構図、筆致、ともに秀れた絵の一つなのではないか。白い壁のアパルトマンにオレンジ色の鎧戸、そしてグレーの街路、枯葉の並木路。

たしか開高健が、ユトリロの絵について述べたエッセイに、彼自身の精神の疲労が、ユトリロの画面に見る鮮やかで、どこかあどけないオプティミズムに心惹きつけられた事を語っている。確かにそこにはやさしい沈黙にみちた「分析と義務と時間にむしばまれた人びとが皮膚をほどく、さわやかな場所」があり、「分裂もなければ、恐怖もなく、孤独ななかに微妙な温かさと明晰さがただよう」というような、ポエティックな世界なのである。彼の「白の時代」が、ある種の詩的イメージの具象化だとして、この人間不在であるかの如く見える繊細な白壁と、灰色の街の風景画に、秘めやかな生の肯定とあどけない夢にみちた物語をさえ感受し得るのだ。

現実という時点で、心痛ませる実在と、精神の断層と、魅惑の内にさざめく孤独のすき間を、静かな慰めで埋ずめたいと望む瞬時が、確かにある。沈黙がちに、ただ安らぎに覆われていたい日。例えばショパンの作品37の2あたりで受けとどめるものと同質の、現実と表現の谷間に、魂に於ける慰さめを、モーリス・ユトリロの精神は、そのロマンティシズムの美学として示現させている。わたしたちの、心愁わしい時間を、それ等の作品は或る意味で支えるのかも知れない。現代芸術の、この断面的な視角が、最近の私を捉え続ける魅力にあふれたProblème《プロブレーム》なのである。

シャガールの絵

いく度か京都美術館をおとずれているうちに、多数の作品を集めた、シャガール展をみる二度の機会にめぐまれた。以前にビュッフェの絵を近代美術館で見た時、画集から受けとっていたものと、あまりに異なった印象を受けた。画集で見た限りでは、鋭角的なタッチの線描が独創性を持ち、暗鬱で神経質なムードを投げかけるように思えたのである。美術館で見た絵はまるで違っていた。洗練された色彩感覚の美しさは、すぐれた美意識とその具象化である。しかしシャガールの初期作品における色感はまだ洗練されているとはいえまい。シャガールの場合は、色彩そのものに対する感覚が研ぎ澄まされてゆくのはその後、彼の持つロマネスクなものが色彩によって表出せしめられていると思われる。

いずれにしても私にとって画集は、ある画家との本質的な出会いを意味しないと言うことなのだ。ビュッフェの絵における、ごく精神的な経験いらい、私自身は自らの目で見つめたもの以外は信じない。美術展を訪れる場合も、ほとんど他から加えられる先入観など持たずに、純粋な感性で私は私のシャガールと出会うことを望みたいと思うのである。芸術作品との出会いとは、そういうものだ。子どもの魂のごとく素直に、そして純粋な感覚で見つめねばならぬ。そこで自らの精神世界に映じて来る鮮明な輝かしさこそ、その作品形象の持つ芸術的香気なのである。

一九七六年のシャガール展の時、すでに画家は八十九歳の高齢だという。それにしてもこの美術展は、私の中にさまざまな想いの波紋を残照として残した。やはり今世紀の卓抜した美術的世界を創造した画家だといえるのであろう。

一九六三年のシャガール展は、彼の初期以来の作品群が集大成され、三百八十九点という夥しい油彩、素描、版画などの展示だった。前回の場合は、その膨大な作品数と入館者の雑踏にもまれて神経の疲労を感じ、印象は雑多に分解せざるを得ないという状況だった。次回の美術展は一九五〇年以降の、最近二十五年間の作品に限られ、作品数も百三十二点にまとめられている。これでも一点一点ていねいに見るという行為は、混雑する人々の間で、押されたり視界をさえぎられたりで、必要以上にエネルギーを消耗する。静けさのなかで落着いて、透徹した精神で作品とむかい合うことは、日本における美術展では望めないのであろうか。

一九五〇年以降の作品と言えば、シャガールは六十三歳、ヴァンスの丘の中腹にある山荘を買って移り住んだ年からだ。最初の妻ベラをうしなった失意のために、絵筆の執れなかった画家にとって、地中海に面した明るい南仏の、鮮やかな光彩とテラスやユーカリの花の咲く庭。そして第二の妻、ヴァランディーヌ・ブロドスキーとの結婚は、彼に平安にみちた制作の場を与え芸術的飛躍をもたらすのである。シャガール晩年の作品が、初期の作品群よりも透徹した感覚を持ち、神秘的なあたたかい静安のイメージにあふれているのも、精神世界がある種の澱みを通過したはての、明晰な結晶であるのだろう。

私はシャガールの最晩年の作品が好きだ。一九七〇年の制作「青の中に《インブルー》」という油彩画は最も魅力的である。シャガールの色彩には、この画家の本質的な思惟の美的表現がある。比較的原色の目立つ作品群のなかで、シャガールの深い青は、単に色彩としてのそれのみではない。思索と美意識の昇華されたものとして描かれるのだ。シャガールの青さは、静寂の象徴であろうか。星屑をちりばめたような夜空の光、静けさと浪漫性と甘い熱情と平安がある。寄りそう恋人たちは深い青の空間を飛び、幻想的なイメージで清冽な愛の世界を現出させる。同一のモチーフを持つ作品に何時も描かれる花束は愛のメッセージとして、平安と情艶を象徴する。

一九七三年の「パリの春」にみる大きな花束の淡いローズと白の色彩。一九七五年の「白菊」「青い小さな窓」など白い色彩感が美しい感性の表出である。貧しいユダヤ人の子としてヴィテブスクに生まれたシャガールの、むしろ暗鬱にみちた初期からキュビズムの影響をへて至り得た画家的世界は、心理的主題をファンタスチックな方法論で描き上げてゆく。詩人の魂を内在させているマルク・シャガールの晩年は、澄明な感性の表象として白い色彩が、美しく大きな花束となって愛の想いを伝えるのである。

バラ色とグレーの画家――マリー・ローランサン

京都で開かれたローランサン展は、油彩と版画を合せて、百三十点余りのコレクションである。遺産継承者である、パリの「オートゥーユ孤児職業教習所」の協賛によって公開された作品展であった。

ローランサン家の小間使いであり、のちにマリーの養女となり遺産相続人であったシュザンヌ・モローは、一九七六年に死去したが、マリーから贈られた一切の作品を「オートゥーユ孤児職業教習所」に遺贈したものである。フランスにおけるカトリックの事業の中でも「オートゥーユ」の場合は、精神的かつ物質的に極めて貧困な孤児の教育に生涯を捧げつくしたルーセル神父の仕事から出発し、聖霊修道会のブロッティエ神父の手によって、この事業はめざましく飛躍したと言われている。現在は約三千人の児童・生徒の、貧困ゆえに学業の道を閉ざされていた子どもたちに、生活の場と学業の機会を与えている。財源はフランス全国と世界各国からの寄付と遺贈によって、まかなわれているそうだ。直接の相続人を持たず、マリーの死後も彼女の後半生の全ての想い出と、残された作品を大切に守ることだけで、二十三年間つつましく生きた、シュザンヌ・モロー・ローランサンらしい適切な遺産処理であったと私は思う。

シュザンヌがローランサン家に雇い入れられたのは一九二六年、当時マリー・ローランサンは四十五歳くらいであろうか。マリーについてよく知られている数名の男友だち。彼らの存在が、常にマリーをある意味で支え絵を描かせた原動力だったわけだが、アンリ・ピエール・ロシェは彼女の画商として、ジャン・エミール・ラブルールは有名な版画家であり、マリーの版画に対する有能な指導者であった。詩人のギョーム・アポリネールは文学的な世界へ彼女の目をむかわせ、彼のすすめによって、ローランサンは書きためた詩を詩集として出版したのであった。しかし恋人でもあったアポリネールとは一九一二年に訣別し、一四年ドイツ人の画家ワッチェン男爵と結婚。この間、五、六年の結婚生活の中で、ローランサンの絵における制作は、ごくわずかである。

一九二〇年、マリーの希望によって離婚成立後、彼女はパリ画壇に復帰し、精力的な制作活動を開始した。一九二〇年から三〇年代にかけて、マリーの作品は多彩に円熟してゆくように見える。ローランサンが一切の人間関係のわずらわしい制約からとき放たれて、自由な精神だけを持続させつつ、画家としての生涯により純粋な姿で取り組みはじめた時期、シュザンヌは、マリーにとって日常生活のよき協力者であり、心なごませる友人であり、一徹なほど精神的な保護者としての存在になりつつあった。

一九五六年六月、マリー・ローランサンが七十三歳で没するまでの三十年間、シュザンヌはマリーのもっとも身近な理解者として、その後半生の生涯の良き同伴者であった。ローランサンの遺作と、そして一人の画家の様々な想い出とは、シュザンヌのその後二十三年の日々のなかに強烈なかたちで残映したのであろう。彼女はむしろかたくなといってもいい程の一途さで、つつましく地味に、マリーの遺作の管理と、その追憶にのみ過ごすのである。シュザンヌにとってマリー・ローランサンの存在は、その生涯の全てを意味していたのではないか、そうした思いがふと私の胸をよぎってゆくのだ。かくも熱烈に、変わることのない友情と親しみをこめて、自ら以外の一人の存在を思い、その作品と追憶のなかでシュザンヌは残された数十年を生きたのであろう。表現の方法は全く異なっているが、シューマンに対するクララの姿を思い浮かべさせるほどの、献身という愛情の一途な強さを感じる。

ローランサン展によって私自身が見たのは、一般的に指摘される世評とは全く異質なものであった。もちろん今度の公開作品は、一九二〇年以降の制作であり、彼女の全作品を集めたものではない。したがって、その全貌を同時につかむことは不可能であり、私がじかに触れ得た作品群から、私の極めて独断的な感覚に映ずるものを、そのまま素直に受けとめたいと思った。

ローランサンの絵といえば、一つの固定した概念のようなものが一般に存在している。少女とリボンと花々と、それらの素材が浪漫的な雰囲気をもって、きゃしゃな映像に描象されている、といったような評価である。しかしローランサンという女流画家の世界は、少女や花々や女性像を描く中に、ある種の、肉厚の女性の映像が浮かび出る。ボッティチェルリやルノワールが好きだったといわれるローランサンの資質は、マチスやピカソ、ブラックから多く教えられながら、立体派の方向に向かわなかったのは、彼女自身の言葉どおり「なれなかった」というのが正確であろう。ローランサンの絵からは深い思索や、理論的で精密な構成力というものは感じ取れない。むしろ非常に感覚的であり、柔らかな曲線と淡い中間色によって、同質の題材をくりかえし描いてみせる。しかしそこに、まさしくローランサン以外の誰でもありえない、個性的な彼女だけの世界が創られている。そこに表現される少女も若い女性も、繊細さとか、きゃしゃという映像とはべつの、重量感のある姿をもった女性そのものである。そして、それらの女性像は、高貴さや優雅さとはうらはらな、最も庶民的な、パリの裏町を果物かごかパンでも腕にかかえて歩いていそうな雰囲気を持っている。それはローランサンの気質の本質的な部分が、彼女の絵画を決定づけているのであろうと、私には思われる。

マリー自身の写真を眺めると、芸術家らしい神経の繊細さや感覚の鋭利さというものよりも、親しみやすい、ぼってりとまろやかな老夫人といった庶民性を感じさせる。彼女の全人格は、そのまま彼女の絵画に表象される女性的な線の柔らかさであり、老夫人になっても少女らしいリボンや花たちや小鳥の世界が、マリーの心象風景として存在していたのであろう。

ローランサンの絵における題材は、極めて狭く限定されている。彼女の描きたかったものは、少女の純心さ、あどけなさ、そして女性そのものの姿であろうか。それ以外にローランサンの意識と、画家としての志向は流れてゆかないようだ。マリーが使っていたモデルもたった一人、金色の髪と、ミルク色の肌と、ブルーの瞳をもつ女性を三十年以上描いていたという。ローランサンの内的なイメージは常に変わらないものであり、画家としての志向性も一貫したものであったのだろう。絵における題材を狭く限定していること、それは逆に、ローランサンの世界を独自な創造へと向かわせているのである。

今回のローランサン展で、私の最も好きな作品は「バラ色の帽子の女」一九二五年制作の油彩画である。同年に同じ題材でもう一枚腰を掛けた女性像が描かれているが、私は上半身像を描いた作品の方が好ましい。ローランサンの絵の中では、デリケートな映像と、バラ色の帽子のやさしい線、そして細身の女性のバックは霧のような色遣いのグレーと黒の中に、女性の上半身が浮き出て見える。簡潔なタッチと抑えた色彩の美しさがある。

真珠の首飾りをつけた女性を、マリーは多数描いているが、私の好きな作品「真珠の首飾りの若い女」は制作年代が示されていないので、明らかではないが一九三〇年代か四〇年代の制作であろうか。白い髪飾りと大きめの真珠の首飾り、淡くナイーブな曲線で描かれる女性の上半身像と、それをきわ立たせるバックの暗いダークグリーンと、黒とグレーと、オーガンディのような白の筆遣いが、格調のある雰囲気をつくりだしている。

百点くらい展示された版画には、私はそれほど強く心惹かれはしなかった。どの女性も同じ顔とイメージを持ち、それが驚くほどマリーその人に似かよっていることを、思わず頬笑みたくなるような思いで、それらの前を通過したにすぎない。ただ一点、思わず足をとめて見つめていた石版画がある。一九五六年制作の「メランコリー」。ローランサンが好んで描いた、豊かな女性像の華やかさは、この石版画で沈潜した静けさに、そして哀愁にみちた繊細さに変貌している。一切の色遣いのない、白い紙と筆触の黒、その中に愁いを知る者のやさしさがにじみ出ている。一九五六年といえば、マリー・ローランサンが死去した年だったと思いながら、もう一度「メランコリー」の方をふり返り私はローランサン展を立ち去った。

兵庫県立美術館——「芸術の館」

海辺に建つ美術館

「兵庫県立美術館」は阪神・淡路大震災からの、「文化復興」のシンボルとして二〇〇二年（平成十四年）、神戸東部新都心（ＨＡＴ神戸）に開館した。著名な建築家・安藤忠雄氏によって設計された建物は、延床面積、約二万七五〇〇平方メートルという西日本最大級の規模である。

並木道を通ってエントランス前の階段下に立つと、北には六甲山系のグリーンの山脈が見え、南は神戸港と瀬戸内海の蒼い海の風景が広がっている。緑の山の姿と、深いブルーの海と、白い壁面の巨大な美術館、そのコントラストが鮮やかだ。

エントランスの前に置かれているジョージ・リッキーの彫刻、「上を向いた2本の線—30フィート」は、銀色の太い線のオブジェで構成されている。蒼空の照射のなか二本の銀色の線は、きらきらと光りながら微風とともにゆっくりと動いている。

兵庫県立美術館

それは、あたかも過ぎ去ってゆく人生の時を刻んでいるかのような幻想を思わせたりもする。この美術館を訪れる日、白い階段の下から銀色にゆれる光りを見上げて、筆者はしばしたたずむ、ひと時がある。

一階エントランスホールは吹き抜けで明るく、右にインフォメーションブース、美術情報センターでは美術に関する図書の閲覧、ＡＶソフトの視聴サービスを行う。一、左側にはミュージアムショップがある。一、二階にある八つの常設展示室で、九千点を超える所蔵作品を順次紹介している。三階企画展示室は、国内外の特別展示を開催する。今年秋に企画されている「大エルミタージュ美術館展」は、今から期待されていて、多くの来館者が訪れることになるだろう。

神戸ゆかりの画家

神戸出身の金山平三（一八八三〜一九六四年）は、東京美術学校で黒田清輝に学び、のちヨーロッパへ留学。帰国後は日本各地に写生旅行し、日本の風景を落着いた色調と巧みな筆触で描いた。代表作の一つである「大石田の最上川」は、白い風景の中に流れる川面の柔らかな日射しが、静けさと安らぎを感じさせる。風景画の名手である。

小磯良平（一九〇三〜一九八八年）は、神戸出身の画家であり、神戸阪急六甲の南に瀟洒なアトリエを構えて制作していた。デッサンの確かさを思わせる数々の人物像のなかで、上半身を描いた「外国婦人」の人物画は、筆者の魅了される作品と言える。淡いベージュの衣服と優しい微笑みの姿は、エレガントで静かな美しさだ。小磯良平は、近代洋画を代表する画家の一人である。

彫刻の展示室では、アントワーヌ・ブルーデルの、「風の中のベートーヴェン」に心惹かれた。ダイナミックな熱情を感じさせるベートーヴェンの、その音楽性を見事に造形化している。作品の下部には次の言葉が刻まれている。「大気こそわが王国／風が立つとき／わが魂も渦巻く／ベートーヴェン」と。ブルーデルはベートーヴェンを深く敬愛し、この音楽家をモチーフとした作品を五十種近く、晩年にいたるまで制作していたのであった。

海辺のカフェテラス

海に面した一階のフロアにオープンテラスのある、セルフサービスの喫茶店「カフェ・フォルテシモ」を訪れてみよう。各種の飲み物、サンドイッチ、シフォンケーキ等が用意されている。テラスには白いテーブルと椅子が置かれ、蒼く光る海を眺めながら、ささやかなコーヒータイムを過ごすのもいい。二階にはフレンチレストラン「ラピエールミュゼ」がある。

当美術館は海側一、二階に大階段が造られ、レガッタ競技の観覧席にもなる。館内の各所に自然の光りが降り注ぐ、ガラス張りの回廊、「光りの庭」、円形テラスなど、時間と季節によって、光りの変化と陰影に富んだデザインが印象的でもある。

アトリエ1ではコンサートを、ミュージアムホールは講演会や映画上映会が行われ、人々が集い憩う場として、海辺に建つこの美術館は、卓越した「芸術の館」である。

アントニン・レイモンドの建築

アントニン・レイモンドは一八八八年（明治二十一年）、オーストリア領ボヘミア（現在のチェコ）で生まれている。父は小都市クラドノで雑貨店を経営していた。母はレイモンド十歳の年に病死。親切で賢い女性であったという。

レイモンドは六人兄弟の三番目であり、二人の姉、三人の弟がいた。しかし第二次世界大戦の混乱の中、弟たちはプラーグでヒトラーの軍隊によって処刑され、彼は家族全員と死別することになる。

レイモンドはプラーグの工科大学で建築学を学び、卒業後の一九一〇年（明治四十三年）、貨物船でニューヨークに渡る。四年後、芸術と文化的なものへの渇望からヨーロッパに行き、ローマで絵を描くことに専念しはじめていた。

一九一四年第一次大戦勃発、アメリカ市民権を得て、イタリアを出る最後の船に乗船する。この船上で後にレイモンド夫人となるノエミに出会うのである。

彼女はマルセイユ生まれのフランス人で、グラフィックデザイナーであり、母の再婚によって少女時代からアメリカへ渡っていた。

結婚した当初、画家を目指していたレイモンドは無収入だった。nipの筆名で有名だったノエミがニューヨークの新聞にイラストを描き、劇場のポスターにデザインをして収入を得た。アトリエの窓辺に机を置き、向かい合って仕事をするという、つつましやかな生活だった。

結婚の二年後、ノエミ夫人の友人による紹介で夫婦はフランク・ロイド・ライトを訪ね、スプリンググリーンのタリアセンで働く。翌年、レイモンドは徴兵令で入隊。諜報部員として第一次大戦終結まで、情報収集に携わっていた。

日本における建築家としての活躍

一九一九年（大正八年）、ライトに誘われ、夫妻は新帝国ホテル建設のために来日する。

このときレイモンドは三十一歳。帝国ホテル全体の透視図、細部デザインを図に描き入れるのが、主な仕事だった。彼が遺したこの全景透視図は、一つの芸術作品といってもいい、端正な美しさをもっている。

レイモンド夫妻は一九二〇年、師ライトの許を去り、二年後「レイモンド建築事務所」を設立。吉村順三、前川國男、杉山雅則、ジョージ中島、戦後は増沢洵といった優秀なスタッフの協力があって、数々の名建築が建てられてゆくのである。リーダーズダイジェスト東京支店、アメリカ大使館、聖アンセルモ教会、群馬音楽センター等はレイモンドの代表作であり、傑作として評価された作品であった。

近代建築運動のなかでモダニズムの求めていた建築原理を、レイモンドは日本の伝統的な建物や民家に見出すことになる。簡潔で純粋な形と空間を造り出すという原理を、伊勢神宮や当時の日本の建築から学ぶのである。

レイモンドとともに日本の伝統的なものを研究していたノエミ夫人は、インテリアデザイナーとして家具調度、敷物等のデザインを全て手掛けている。ノエミはレイモンドの人生における、最良のパートナーであり続けた。自伝のなかで「彼女は私のインスピレーションの源泉であり、また永遠の価値の探求に向かって結ばれた、最も忠実な友となった」とレイモンドは書きとめている。

清澄な空と緑の中の避暑生活

戦前にも軽井沢の南が丘にレイモンドは「夏の家」を建てていたのだが、一九六三年（昭和三十八年）南軽井沢に「新スタジオ」を完成させた。

この建物は現在、建築家である北澤興一氏が、当時のまま大切に保存しておられる。氏は晩年のレイモンドの許で、十年間ともに仕事をしたスタッフであった。

レイモンド夫妻は気に入ったスタッフ四、五人とコック、メイド、運転手、秘書をつれて二ヵ月間、このスタジオで仕事をしていた。料理や家事が不得手だったノエミ夫人のために、コックとメイドを同行しての移動であった。

朝は九時から五時半まで仕事をし、昼は一時間休んで昼食をとる。仕事中のレイモンドは非常に厳しく、図面が気に入らないと烈火のごとく怒って破ってしまう。机に置かれた鉛筆や消しゴムを放り投げるといった気性の激しい処があった。しかしその反面、晴天の日などは、スタッフと一緒に浅間山に登ったり、見晴らし台まで出掛けたりもし

レイモンド夏の家（現ペイネ美術館）　写真提供：軽井沢高原文庫

ていた。

仕事を休む週末に来客があると、スタジオの庭でバーベキューをしたり、北澤氏など若いスタッフと軽井沢ゴルフ倶楽部（新ゴルフ場）でハーフを回る。新スタジオから少し北へ、歩いて十五分ほどの近距離にあるゴルフ場まではレイモンドの散歩コースであり、クラブハウスで会員のメンバーと談笑する時間を楽しんでいた。

レイモンドは朝四時に起き、夫人と一緒に愛犬をつれて散歩に出る。常にスケッチブックを持ち、軽井沢の風景や草花をスケッチしていた。朝八時に朝食、九時から仕事にかかり、夜は八時に眠りにつく。まことに規則正しい生活だった。

ノエミ夫人は「動物愛護協会」のために、長年にわたってつくし、野良犬を拾って育てていたという。夫妻の写真には麻布のアトリエ、葉山の別邸、軽井沢の新スタジオのいずれにもこうした犬たちが一緒に写っている。蚊を叩いても「NO」と言うほどの、生物に対する情愛を持った人だった。

レイモンドの「新スタジオ」は、南軽井沢の高台に建っている。周囲は緑の樹々にかこまれ、七月には山ぼうしの白い花が満開に咲く。南側のリビングスペースからは妙義山が遠望され、東側の寝室から端麗な姿の浅間山が見える。

十二角形のアトリエは四十畳の広さがあり、登り梁の天井の高さとバランスがきれいにとれていて、「素晴らしい空間の設計になっていますよ」と北澤氏は話される。

庭の鮮明な緑が見られる窓に向かって製図スペースがある。アトリエとカウンターでつながったキッチンにも窓があり、建物内部のどこにいても爽やかな緑の風が、吹きすぎてゆくのが感じられるのだ。

室内の家具等は全てノエミ夫人のデザインであり、彼女が染めたベッドカバー、襖の和紙も夫人の漉いたものが当時のまま、きれいに保存されている。レイモンドの描いた絵が壁に掛かり、彼が作った陶器が置かれ、洋風のモダンと日本の伝統的意匠が見事に調和している。無駄なものは一つも無く、極めて合理的であり、簡素な美しさを持つ住まいである。

軽井沢での簡素で静穏なライフスタイル

「自然でシンプルに、力強く、経済的で素直な建物」というのが、レイモンドの建築に対する五原則だった。贅沢なもの、低俗な流行を忌避した夫妻の生活は、非常に質素であったと言われている。

「簡素を第一にせよ」と、レイモンドは常々スタッフに教えていた。そして自然が好きだったノエミ夫人。この夫妻にとって美しい風景と、自然に包まれた軽井沢の日々は、簡素で静穏な生活の体現であった。

美術と音楽を愛し、仕事への研鑽を怠らず、自然と溶け合って住まうというのが、レイモンド夫妻のライフスタイルなのである。

レイモンドの、もっとも近くにいた高弟である吉村順三は、後年この「新スタジオ」を訪れ、一時間余りベランダに座って昔日を懐かしんでいたと、北澤氏は話して下さった。

国内外に知られる建築家であった吉村順三は、東京芸術大学の教授として後輩の指導にあたり、数々の建築賞を受賞。軽井沢にもゆかりが深く、十九の建物を設計建築している。

レイモンドは有能な助手、スタッフに恵まれた人であった。戦前は十八年間、戦後の二十六年間、通算で四十四年間という長期にわたって、夫妻は日本に滞在していた。レイモンドの生涯の半生を日本で暮らしたことになる。

一九七三年（昭和四十八年）レイモンドは病に冒され、軽井沢の「新スタジオ」を北澤氏に譲り、多くの資料を氏に託して日本を去って行った。三年後、ペンシルバニア州ニューホープの農場で死去。八十八歳であった。

レイモンドは日本の近代建築を育てた巨匠であり、彼の許から優秀な建築家の多くを輩出させることとなる、優れた理念を持つ指導者でもあった。

吉村祐美先生の人と作品

吉村祐美セクレタリー　太崎覚志

吉村祐美先生と出会ってから、もう五年以上にもなる。その間、セクレタリー、秘書的な立場としてお仕事のお手伝いをさせていただいている。執筆された手書きの原稿を、パソコンで打ち込みデータ化し、メールで編集部へと送信する作業であり、原稿は直接受け渡したり、ＦＡＸで送信していただいたりといろいろだ。

原稿に書かれた文字はシャープで流れるような印象を受け、眺めていると用紙の上を走る硬質な音が聞こえてくるようだ。吉村祐美先生の原稿は訂正箇所や端書きが少なく、とてもきれいで読みやすい。こうした生の原稿を手に取り読むことが出来るのはお手伝いさせていただいている特権ともいえるだろう。

本書や他のエッセイで語られている吉村祐美先生の経歴や生い立ちの話などを読まれ

た方はご存知かと思うが、ご出身が神戸山の手であり、正真正銘のお嬢様である。言葉遣いは関西地方のそれではなく、とても穏やかな落ち着いた言葉でお話をする。ドラマの中で演じられるような「お嬢様」というほど世間から離れた口調ではないが、似通った部分がある。私自身、吉村祐美先生ほど丁寧な口調でお話をされる人に出会ったことがない。

文学を専門とされており、言葉遣いも当然、原稿の上で言葉を綴るように、丁寧な口調で話をするのは容易だろうと想像できるが、吉村祐美先生のそれは単純な言葉の知識からくる丁寧さではなく、育ってきた環境、教養を感じる丁寧さである。

教養がにじみでる、とても表現するのだろうか。

出会った当初は、その丁寧な言葉遣いに圧倒され、それに慣れたころには吉村先生の誰に対しても変わらない態度とその接し方に感激すら覚えた。

それは常に感謝の気持ちを深く示す姿勢だ。

取材先ではもちろん、立ち寄ったティールームなどでも「ご丁寧にありがとうございます」といった類いの感謝の言葉を聞かない場面がない。

原稿を執筆するのに必要となる取材に同行させていただく機会は多い。取材ということもあり動きやすい服装で、パンツルックがほとんどである。色合いとしてはホワイトを基調に淡いピンクやブルーなどのパステルカラーを合わせられていることが多く、原色のビビッドなカラーをお召しになることは少ない。衣服に限らず、好きな色は白や淡いピンク、そしてマリンブルー、サンドベージュ、淡いグレーと仰っており、足元も白地にムーンライトブルーのラインが入ったスニーカーやバレエシューズである。

色へのこだわりは原稿の上でも現れており、豊かな色彩の表現をなさっている。

前著である「吉村祐美 第2エッセイ集」では、色を用いた表現に加え、季節に咲く花々の名前や樹々の名前を使って絵画的な情景を文章で表現している。さらに、詩や音楽に関する引用も多く用いられ、描かれる空間に彩りが添えられる。これはエッセイの中でも一部語られているが、幼少の頃より本と音楽・美術に触れ、こよなく愛してこられ、磨かれたセンスによるものだろうと思う。

特に神戸の街を題材としたエッセイの中で、「バラ色の時　青い花の時」の一節では、「地上にちりばめた星屑のように、街の灯はしずかにきらめいてみえる。サファイアの光りであり、また金のくさりのような、無数の小さな光は、かすかにゆれて夢みるひと時を私にささやきかける」と視覚的な表現をされると共に、「ポピュラー音楽のすきな方は、「スターダスト（星くず）」とか「エストレリータ（小さな星）」の旋律を思いだしてほしい。あの曲のイメージが、この夜景にふさわしいのではないかと私は思う」と続く。

「スターダスト」はホーギー・カーマイケルによるジャズのスタンダード・ナンバーで、「エストレリータ」はメキシコの作曲家、マヌエル・マリア・ポンセの、甘い恋心を歌った名曲だ。

どちらもゆったりとして落ち着いた調べが、波間に揺れる淡い光のまたたきを連想させ、美しい神戸の夜景を想像する一助となっている。

また、「セゾン現代美術館」の紹介にはボードレールの詩が、エッセイ「バラ色の時青い花の時」ではリルケの詩が彩りとして織り込まれ、表現を豊かにしている。

個人的な解釈だが、詩のフレーズは一つの波として旋律を紡ぎ、文章では表現されにくい「音」を創り出していると感じる（「吉村祐美第2エッセイ集」より引用）。

一篇の詩が織りなす「音」が、文章が作り出す情景をさらに深めることにより、吉村祐美先生の読者へ「伝える」という想いの深さを感じさせることになる。

取材に同行させていただいている時や、ティールームでのブレイクタイムなどでも、色を用いた詩的な表現をされることも珍しくない。そして、本の中では語られていない知識や情報を話されることも多く、その造詣の深さにアーティストや絵画、音楽などに対する深い愛情と尊敬を垣間見ることが出来る。

一つの原稿を書き上げるのに何十冊という資料を読み込むという、常に研鑽を怠らない姿勢とその努力の賜物として、深い見識と教養が身に付くのであろう。

時には数冊の本を並行して読み進めるというのだから驚きである。一般人から見れば信じられない読書量に加え、寝る前に推理小説を読んで気分転換を行うというのだから、まさに「読書家」である。

新聞・雑誌連載の原稿を執筆すると文字数の制限があるために、蓄えられた知識の中から洗練し凝縮された内容にするため、非常に苦労すると仰っておられた。

雑誌に書かれた原稿を足掛かりとして、読者自身によって作品に触れる楽しさを得てほしいと思われているのではないだろうか。

吉村祐美先生の意外な一面として、アニメ「ひつじのショーン」を視聴したり、漫画

「名探偵コナン」などを愛読されているというものがある。中学生のころからシャーロック・ホームズの大ファンで「シャーロキアン」であると語り、バーネット夫人作の「小公子」セドリックがお好きだといったことなどを話しながら、楽しいコーヒータイムを過したりもする。

また、時として道に迷われてしまうというのも意外な一面ではないだろうか。軽井沢の植物園やレイクガーデンなどで、出口方向を見失って「こちらです」と誘導したことが幾度かある。

しかし、園内はともかく目的地への道筋はしっかりと把握しておられるし、軽井沢を散策する際には道に迷うということもない。京都での取材に同行させていただいた時も、迷うようなそぶりは全く見られなかった。「吉村祐美 第2エッセイ集」の「うろこの家」はパリの調べ」の中の一節にも、「取材のためにサッと早足に歩いている私も、道を聞かれることがしばしばある。そんな時は、わかりやすく説明しようと試みる」と書かれていることから、神戸の道にも精通しているように見受けられる。ご本人も神戸や軽井沢の道には迷わないと仰っている。

道に迷った際のエピソードが話題に上がった際、「太崎くんが一緒にいると、安心して取材に集中できるから方向を見失ってしまうのよ」と仰られ、大変恐縮したものだ。「神戸や京都、軽井沢の街に愛着があるから道を覚えられるのではないでしょうか」と伝えたところ、「確かにそうね、きっとそうだわ」と笑顔で同意してくれていたことが強く印象に残っている。

軽井沢や神戸、京都という街は、原稿として執筆するために資料を読み込んだり現地への取材を行っているのだから、観光スポットなどの情報は頭に入っていても不思議ではない。しかし、文章として描かれる街の姿から感じられるのは、街の風景に対する愛着、深い愛情だ。

好きであるからこそ、楽しいと思えるからこそ、さらに深く物事に対する知識を深めたいと思う知識欲は、多かれ少なかれ誰もが持つものではないだろうか。

そうした気持ちが、愛する街である神戸や京都、軽井沢の地理の習熟に至り、土地勘といったものを養ってくれているのだろう。

また、素晴らしいと思えるからこそ他の人にも知ってもらいたいという熱情が芽生えることも不思議な事ではない。

吉村祐美先生は「文芸評論家は、著者や作品と読者を「繋ぐ」仕事である」と語る。

それは、文学と読者に対する深い愛情の表れのように感じられた。

文学作品の持っている魅力、作家の資質、その歴史的背景、文学作品としての特質がいかなるものかを分析し、著者や作品と読者の間を繋ぎ、より深く楽しむ要素を提供し、あるいは興味を喚起させ、素晴らしいものを、より素晴らしく引き立たせる。

そしてそれは、これから文学という素晴らしい世界に興味を持つ、若い世代へと日本文学の伝統を「繋ぐ」ことになると吉村祐美先生は仰っている。


「繋ぐ」ということ。

それは読者の存在を大切にすること。

過去と現在を繋ぐだけでなく、未来へと伝統を「継承していく」こと。


「文芸」に限ったことではなく、音楽や美術の分野においても同じことが言えるだろう。

新しい技術や文化には必ず起源があり、歴史がある。それは現在を見て楽しむだけならば、知る必要のない知識であるかもしれない。

検索などで得られるデータ上の情報は、その知識欲をある程度満足させてくれるだろう。そこからもう一歩踏み込み、データ上には載らない深い知識を得るための道しるべを指し示してくれている存在があることを覚えておいてもらいたい。

今後も力の続く限り、「繋ぎ、伝える」という仕事を続けたいと仰る吉村先生の言葉に、強い信念と誇りのような熱い気持ちを感じた。

そして、自分自身も己が成すことに誇りが持てるよう、常に熱い心で自分の創作に取り組めるよう励みたいという気持ちになった。

言葉では形容しがたい「繋ぎ、伝えて」いくという情熱までも一緒に、吉村先生の文章から受け取ってもらえれば幸いである。

著者紹介

吉村祐美（よしむら・ゆみ）

兵庫県神戸市山の手生まれ。関西学院大学文学部日本文学科卒業、同大学院修士課程修了。著書に文芸評論、音楽、美術のエッセイ集『魅せられし時のために』（神戸新聞出版センター、関西文学賞・評論エッセイ部門入賞）、『やがて薔薇咲く季節に』（扶桑社）、『国語力をつける法』『古典力をつける法』（ともにPHP研究所）、『新・軽井沢文学散歩―文学者たちの軽井沢』（軽井沢新聞社）、桐山秀樹との共著、『軽井沢ものがたり』（新潮社）、クラシック音楽評論『クラシック名曲と恋』（NHK出版）など。近著に『吉村祐美第2エッセイ集 高原の街 軽井沢　異人館のある街 神戸』、近刊に桐山秀樹との共著『軽井沢の歴史と文学』（万来舎）。

名作のある風景

2017年 10月28日　初版第1刷発行

著者　吉村祐美

発行者　藤本敏雄

発行所　有限会社万来舎
〒102-0072
東京都千代田区飯田橋2-1-4
九段セントラルビル803
Tel：03-5212-4455
E-Mail：letters@banraisha.co.jp

印刷所　株式会社シナノ

ISBN978-4-908493-18-8